Otto Mautner-Markhof

Halgjerde

Trauerspiel in fünf Akten

Otto Mautner-Markhof

Halgjerde
Trauerspiel in fünf Akten

ISBN/EAN: 9783743312128

Hergestellt in Europa, USA, Kanada, Australien, Japan

Cover: Foto ©Andreas Hilbeck / pixelio.de

Manufactured and distributed by brebook publishing software
(www.brebook.com)

Otto Mautner-Markhof

Halgjerde

Halgjerde.

Trauerspiel in fünf Acten

von

Otto Mautner-Markhof.

Wien 1894

Verlag von J. Eisenstein & Co., Buchhandlung und Antiquariat

IX., Währingerstraße Nr. 2.

Halgjerde.

Trauerspiel in fünf Acten

von

Otto Mautner-Markhof.

Wien 1894.

Verlag von Eisenstein & Co., Buchhandlung und Antiquariat

IX., Währingerstraße Nr. 2.

König Kaare.

Jarl Gunnar,
Jarl Kultsljäg. } Brüder, Neffen des Vorigen.

Mörd, ein Bauer.

Halgjerde, seine Tochter.

Enjolf,
Sörle, } Bauern.

Tjostolf, ein Freier,
Flose, ein Leibeigener, } Knechte Mörd's.

Thorgeyr, König eines Nachbarreiches.

Sigfus von Sida, Gefährte Gunnars'.

Asbrand, im Gefolge Thorgeyr's.

Geruling,
Mann,
Frau,
Kind,
Ein alter Viking,
Jüngling. } Leute aus dem Volke.

Ort der Handlung ist Norwegen.

Zeit etwa 900 v. Chr.

Erster Act.

Die Scene stellt den Saal in Mörd's Hütte vor. Im Hintergrunde die Thüre ins Freie; links eine Thüre zu anderen Zimmern. Ein langer Tisch, Bänke, links im Vordergrunde brennt ein Feuer auf dem Boden.

1. Auftritt.

Mörd und Halgjerde.

Mörd.

Ich geh' hinauf zur Hochweid'; denn der Sturm
Hat uns den Zaun geknickt; und wenn die Knechte
Allein ihn richten, gibt es wieder Streit
Dann mit den Nachbarn. — Höre doch, Halgjerde,
Wenn ich zu Dir mich wende! — Bleib am Hofe,
Statt wieder durch die Felsen umzustreifen.

Halgjerde.

Wenn Du nur immer was verbieten kannst!

Mörd.

Ich komme spät erst in der Nacht zurück
Oder erst morgen; jedenfalls bleibst Du
Zur Aufsicht hier am Hof!

Halgjerde.

Schon gut, mein Vater!
Ich will die Aehren in der Scheune zählen,
Am Tenn die Körner, und der Locken Zahl

Von allen Schafen merken, daß kein Haar
Dir unversehens in Verlust gerathe.

Mörd.

Es wäre besser, wenn Du's wirklich thätest,
Statt ohne Zweck stets so herumzulaufen.

2. Auftritt.

Vorige und Flose (der ein Scheit Holz hereinträgt).

Mörd.

He, Flose, sprich, was ist Dir widerfahren,
Daß Du das Scheit so unverständig trägst.

Flose.

Ich habe beide Hände mir verbrannt.

Halgjerde.

Das lügst Du, Knecht! — Ich hab' sie Dir versengt.

Mörd.

Was soll das wieder heißen?

Halgjerde.

Willst Du mich
Um einen Knecht vor einem Knecht hier schelten?

Mörd.

So geh!

Flose (ab).

3. Auftritt.

Vorige, ohne Flose.

Mörd.

Jetzt aber rede!

Halgjerde.

Was Du nur
Für Wichtigkeit aus einem Knecht Dir machst!
Beim Schafescheeren gestern zeigt' ich ihm
Ein Stück und gab den Auftrag, seine Wolle,
Weil sie sehr fein war, für mich auszusondern
Und in zwei Wochen erst zu scheeren! — Nein!
Der Tölpel kann's nicht merken! Mit den andern
Wird meines auch geschoren. — Später dann,
Als ich ihn fragte und das Ding erfuhr,
Da wollt' ich ihm auch seine Wolle sengen,
Ergriff ein Scheit und fuhr ihm nach dem Kopf;
Er aber hielt die Hände vor und so
Versengt' er sie.

Mörd.

Halgjerde! So verfährst
Mit einem alten Knecht des Hauses Du!

Halgjerde.

Es hindert ihn ja an der Arbeit nicht.
Und wenn's ihn schmerzt, so ist das seine Strafe.

Mörd.

Und ich verbiete Dir mit aller Strenge —

Halgjerde.

Ich kenne Deinen Willen so; mitunter
Muß ich jedoch nach meinem Sinne thun! —
Du gehst jetzt fort? —

Mörd.

Dir kommt das einst noch heim! —

ab.

4. Auftritt.

Halgjerde (singend).

Ich bin die Königin,
Du bist der Knecht,
Was ich auch thun will,
Für Dich ist es Recht!

So, sagte Tjostolf, sang die Königin! —
Befehlen, herrschen, Wolluft muß das sein,
Und strafen gar! — Den stolzen Nacken beugen,
Den trotzig mir ein Mann entgegenträgt,
Mit Liebesglut zuerst, dann mit Gewalt! —
Bin ich erst Königin, so sollen sie
Wie Hunde um den Fuß herum mir kriechen,
Glücklich, wenn ich sie eines Trittes würd'ge.
Und noch bin ich nur eine Bauerndirne! —
Doch wenn Verstand in diesem Leben liegt,
Und von Gerechtigkeit ein schwacher Hauch
Nur mitbläst in dem Riesenschicksalssturme,
Der alle Menschenbäume zaust und richtet,
So muß auf mein Haupt eine Krone fallen!

5. Auftritt.

Halgjerde und Eyjolf (den man schon an die Thüre pochen gehört hat)

Eyjolf.

Hinkender Hund! Wie oft soll ich noch pochen!
Da stoß' ich mir die Thüre selber auf.

„Das Gauding sag' ich über vierzehn Nächte,
Und klopfe dreimal mit dem Ladeholz
An diese Schwelle. Dein ist jetzt das Zeichen!"

(Er legt das Ladeholz, zwei schief zusammengebundene Hölzer auf
den Tisch.)

Halgjerde.

Spart Euern Spruch, der Herr ist nicht zu Hause.

Eyjolf.

Doch gibt er mir das Recht zu freiem Eintritt. —
Irr' ich mich nicht, so seid Ihr ja Halgjerde,
Mörd's Tochter? Ei, wer hätte das erwartet,
Daß Ihr aus einem Kind, das vor drei Jahren
Noch auf der Wiese mit den Lämmern spielte,
So schnell zu einer Jungfrau wachsen würdet!
Doch seid Ihr noch so scheu wie einst geblieben,
Da keine Hand Ihr mir zum Willkomm reicht?
Ihr fürchtet wohl, daß ich sie Euch zerbreche?
Zwar nicht mit Grund, denn jetzt hab' ich Erfahrung,
Wie sanft man Weiber stets berühren muß.
Seit ich einmal aus lauter Zärtlichkeit
Hab' meiner Frau zerbrochen eine Rippe;
Und doch war sie so schlank nicht und so zart wie Ihr.

Halgjerde.

Ihr sucht den Vater; ich will blasen lassen,
Das Kuhhorn wird ihn noch errufen können.

Eyjolf.

Ach, laßt nur, bleibt! — Es hat ja keine Eile.
Ihr hier im Thal, Ihr sitzt ja noch beisammen,
Da braucht die Ladung er nicht weit zu fördern.
Bei mir am Berg, da ist es freilich anders:

Ihr seid mir N a ch b a r n und doch hatte ich
Seit achtzehn Stunden wacker auszuschreiten,
An Eure Schwelle labend anzupochen.
Nimmt Euch der Vater heuer mit zum Gauding?

Halgjerde.

Was sollt' ich dort, wo lauter Bauern kommen?

Eyjolf.

Blitzkröte Du! sind Bauern Dir zu schlecht? —
So wild sie thut, sie weiß schon, daß sie schön ist,
Will mit dem gold'nen Haar sich einen Jarl
Im Brautlauf fangen! Na, die Meinung lob' ich,
Doch, ob Ihr es erreicht? — Es ist gefährlich,
Mit seinen Wünschen gar zu hoch zu fliegen:
Das Höhere, wer weiß, ob Ihr's erflattert,
Und das Gewöhnliche ist dann verscherzt.
Was braucht Ihr mehr als einen festen Mann,
Ob er nun König oder Bauer sei?

Halgjerde.

Es scheint, Ihr seid von witzigem Gemüth;
D'rum fürcht' ich nicht, daß lang die Zeit Euch werde
Wenn Ihr allein auch bleibt. Ich gehe! —

Eyjolf.

Halt!

So haben wir die Rechnung nicht gemacht.
Das soll mir schicken, hier a l l e i n zu sitzen?
Allein bin ich genug auf meinem Hof
Die Jahre, seit mir meine Frau gestorben.

Halgjerde.

So sucht Euch eine neue!

Eyjolf.

Ja ganz recht,
Seid mir dabei behilflich.

Halgjerde.

Fällt mir ein!
Gestattet mir die Thür; ich soll die Wirthschaft
Bei Vaters Fortsein besser überwachen.

Eyjolf.

Ihr seht nicht darnach aus, daß Euch die Wirthschaft
So sehr am Herzen liege! Euer Stolz
Verschmäht der nicht so kleinliche Verstellung?

Halgjerde.

Hätt' ich Euch sagen sollen, daß ich wünsche,
Von Euerm Anblick mich befreit zu sehn?

Eyjolf.

Ich dacht' aus härterm Holze Euch geschnitzt;
Nicht wie die andern alle, die sich fürchten,
Wenn ich mich nur, „der wilde Eyjolf", zeige.

Halgjerde.

Ich wußte gar nicht, daß man Euch so nennt!
Ein nur durch Zufall hingeworf'nes Wort,
Das Euer schmeichelfrohes Ohr erhascht
Und dünkelhaft als allgemeine Stimme
Dann selbst sich vorgetäuscht — das wird es sein.
Gebt mir die Thüre frei!

Eyjolf.

In Eurer Zunge

Habt Ihr mehr Muth, so scheint es, als im Herzen:
Trotz Eurer Worte flieht Ihr mich ja doch.

Halgjerde.

Ihr seid an Einbildung ein großer Held.
So bleib' ich denn, um Euch nicht noch zu schmeicheln.

Eyjolf.

(Sie thut, als ob ich nicht vorhanden wäre,
Da sie im Innern dennoch mich ja fürchtet).
Halgjerde, sonst habt Ihr mir nichts zu sagen?
Es soll das Weib den Mann doch unterhalten.

Halgjerde.

Es hält die Furcht die Lippen mir geschlossen.

Eyjolf.

Ha, wär't Ihr meine Frau, ich wollt Euch zeigen!

Halgjerde.

Wie den Gemal man unterhalten muß?

Eyjolf.

Ihr wagt zu spotten, meiner Güte trauend.

Halgjerde.

Der Güte nicht, den Grenzen Eures Muths! —
Der wilde Eyjolf! Ei, wo steckt die Wildheit?

Eyjolf.

O wäret Ihr mein Weib!

Halgjerde.

Ein frommer Wunsch!
Und wenn auch, glaubt Ihr, daß ich eingeschüchtert
Dann jeder Eurer Launen folgen würde?

Eyjolf.

Ihr würdet folgen, seht nur einmal her,
Mit solchen Fäusten spaßt man nicht so leicht!

Halgjerde.

Ich glaub' es wohl, daß Ihr Euch Eure Frau
Allein durch Schläge konntet fügsam machen.
Und dennoch that sie Euren Willen nicht,
Da sie ja unter Euren Schlägen starb!

Eyjolf.

Sie hat es besser nicht um mich verdient!
Und wär't Ihr meine Frau und stemmtet Euch
Auch wider meinen Willen, dann fürwahr —

Halgjerde.

Ich stürbe unter Euren Schlägen nicht.
Das erstemal folgt' ich wohl der Gewalt,
Zum zweiten aber kämt Ihr nicht dazu.
Gewalt ist nicht das höchste! Wie die Schlange
Würd' ich mit gift'gem Biß Euch überwinden.

Eyjolf.

Ich pflege starke Stiefel anzuhaben:
Durch dieses Leder bringt kein Schlangenzahn.

Halgjerde.

Ich wüßte mir die Stelle schon zu wählen
Und würde sie, ich schwör's Euch, nicht verfehlen.

(Links ab.)

6. Auftritt.

Enjolf.

Enjolf.

So wie ein Pfeil, den aus dem Hinterhalt
Ein feiger Mörder von der Sehne schnellt,
So traf ihr Blick, den Lebensnerv ereilend.
Fast lief's mir kalt die Rückenhaut herab. —
Man muß so einen Eindruck von sich schütteln
Wie läst'ges Ungeziefer! Und nicht mehr
Bedeuten Worte ja aus Weibermund.
Sie thun nur so, doch wenn einmal den Herrn
Man ihnen hat gezeigt, dann wird es anders. —
Wahrhaftig, ich verspüre ein Gelüsten,
Mir dieses Ding als Frau hinauf zu führen;
Wenn's auch mit ihr so schnell nicht gehen sollte,
So hab' ich doch den Winter was zu thun.
Am Ende bleibt ihr ja kein and'rer Ausweg
Als sich zu fügen. O, dann will ich mich
An meinem Siege weiden! Warte nur!
Du sollst mir Deine kühnen Worte büßen,
Und Deine Scham soll meine Lust versüßen!

7. Auftritt.

Enjolf und Mörd (der durch den Hintergrund eintritt).

Mörd.

Ihr seid es, Nachbar Enjolf? Von der Höhe
Sah jemand ich sich meinem Hofe nähern
Und bin deshalb eiligst zurückgekehrt.

Enjolf.

Vom Gauding bracht' ich Euch das Labeholz.

Mörd.

„So greife ich's und will es weiter tragen." —
Nun aber sprecht, wie geht es Euch am Berge?
Hat nicht der Wildbach nach den Regengüssen
Die tiefern Felder heuer Euch vermurt?

Eyjolf.

Der Schade war nicht groß. Mit Eurem Stand
Kann ich den meinen freilich nicht vergleichen.
Der Regen trieb die Wiesen Euch in Saft
Und Eure Heerden glänzen wohlgenährt.
Auch fehlt mir auf der Wirthschaft jetzt die Hausfrau.
Ihr wißt wohl, daß sie vor zwei Wintern starb?

Mörd.

Und sannet Ihr noch nicht auf neue Wahl?

Eyjolf.

Als ich hier eintrat, fand ich Eure Tochter.
Vor wenig Jahren noch ein Kind, ist sie,
Ich staunte, schon zur Jungfrau aufgeblüht.
Sie ist von selt'ner Schönheit; ihre Haare —

Mörd.

Ihr habt sie nur gesehn, doch nicht gesprochen,
Sonst wär't Ihr wohl von ihr nicht so begeistert.
Sie ist ein harter Kopf und sie zu lenken
Erreiche ich als Vater nur mit Mühe. —
Schwer wird es halten, ihr den Mann zu finden.

Eyjolf.

Wenn Ihr nur wollt, so habt Ihr ihn gefunden.
Ich selbst verlange von Euch ihre Hand.

Mörd.

Ihr wolltet! — Ehrenvoll ist Euer Antrag
Und würde schwere Sorge mir ersparen. —

Eyjolf.

Was zögert Ihr dann? Schlagt in meine Rechte!
Ueber die Mitgift und die Morgengabe
Wird es nicht schwer sein, uns zu einigen.

Mörd.

Das ist es nicht. Allein Ihr kennt sie nicht,
Ahnt die Gefahr nicht, die Ihr Euch erzeugt,
Wenn Ihr zum Weib sie nehmt. Von Häuslichkeit
Entdeckt bei ihr Ihr keine Spur; sie wird
Die Wirthschaft Euch verlottern lassen,
Wird durch Verschwendung Euren Säckel leeren,
Ja, Ungeahntes wird sie unternehmen,
Ist sie einmal von meiner Macht befreit.

Eyjolf.

Ich seh' in alledem nur starke Gründe,
Daß Ihr sie um so williger mir gebt.

Mörd.

Wär't Ihr ein Fremder, griff ich eilend zu.
Allein den Nachbarn darf ich nicht betrügen.
Verkauft' ich Euch ein Pferd, das Fehler hat,
Die im Gebrauch man erst erkennen kann,
Ihr würft mir den Betrug als ehrlos vor,
Und klagtet mich wohl auch auf Schadloshaltung.
So ist's bei meiner Tochter auch. Nicht lange
Und voller Zorn brächtet Ihr sie zurück.

Eyjolf.

Halgjerde macht es ebenso wie Ihr;
Sie wollt' mir bange machen vor ihr selbst;

Ein eigenthümlich Wesen nahm sie an
Und setzte ihre Rede sonderbar,
Um mich zu schrecken. Aber, Nachbar Mörd,
Ihr kennt mich doch wohl gut genug, zu wissen,
Daß man mit Furcht bei mir nichts richten kann.
Und Furcht vor einem Weibe gar, ich dächte,
Mein Aussehn schützt mich schon vor solcher Meinung.

Mörd.

So habt Ihr länger schon mit ihr gesprochen
Und selbst erfahren, wie sie anders ist
Als andre Weiber?

Eyjolf.

Nun so gar viel anders
Find' ich sie nicht. Wie alle Weiber sonst,
Wenn sie noch nicht verliebt sind, thut sie stolz,
Will einen Jarl zum Mann, glaubt, daß für sie
Der Beste noch nicht gut genug, vertraut,
Daß jeden Mann sie sich bezwingen könne. —
Nur äußerlich dünkt mich der Unterschied.

Mörd.

Ihr kennt sie nicht, kenn' ich sie selbst doch kaum,
Ihr eigner Vater, der sie doch erzogen!
Erst wenn's zur That wird, kann ich es erfahren,
Was heimlich sie für Pläne ausgeheckt;
Und rücksichtslos, ist sie nur erst entschlossen,
Führt sie auch durch, was sie sich vorgenommen.
Schon ihre Neigungen sind unverständlich.
Seit Jahren dient bei mir als freier Knecht
Ein sonderbarer Kauz, Tjostolf mit Namen;
Ein Hämling ist's und noch durch einen Schlag
Auf seinen Kopf auch des Verstands beraubt.

2

Eyjolf:

Wie konntet Ihr nur solchen Knecht Euch miethen?

Mörd.

Ich that's aus Mitleid. Schrecklich sah er aus,
Als auf der Flucht er sich zu mir verirrte.
Blutüberströmt am Kopf und an den Füßen
War er aus Schwäche nicht der Sprache mächtig;
Und so erfuhr ich nie genau sein Schicksal,
Das ihn am Königshof, so scheint's, ereilte.

Eyjolf.

Ihr habt wohl Gründe, dieses zu vermuthen?

Mörd.

Er pflegt' in seinen hellen Augenblicken
Vom Königshof Geschichten zu erzählen.
Das war's auch, glaub' ich, was zuerst Halgjerde
Zu ihm hinzog. Sonst mocht' ihn niemand leiden,
Sie aber hielt sich stets in seiner Nähe.
Doch das war früher. Seit sie älter wurde,
Ist Tjostolf ihr so sklavisch treu ergeben,
Daß wie ein Hund er ihrem Willen folgt.
Und sie, statt davor Ekel zu empfinden,
Vor solchem Wicht, der Männlichkeit beraubt,
Zieht seine Nähe jedem Umgang vor.

Eyjolf.

Das sind nur Flausen, die sie sich erdenkt,
Um ihre Unabhängigkeit zu zeigen!
Ihr habt versäumt, den Herren ihr zu weisen,
Wahrscheinlich, als es Zeit war. Aber ich
Will sie schon ziehen; mir ist gar nicht bange,
Daß ich in Kurzem sie gefügig mache.

Mörd.

Wenn Ihr es wagen wollt, ich zweifle noch! —
Auf jeden Fall bedenkt die Sache reiflich,
Und dann am Gauding sagt mir Euren Willen.
Ein wenig Warten kann dabei nicht schaden.

Eyjolf.

Ihr thut, als ob's um Tod und Leben gienge!
Da müßt' ich mich ja vor mir selber schämen,
Wenn ich, den man den wilden Eyjolf nennt,
Mit einem Weib so schwer entschlossen wäre.
Soll ich es nicht als Weigerung betrachten,
So schlagt in meine rechte Hand nur ein!

Mörd.

Ich habe Euch gewarnt; Ihr aber wollt es.
So nehmt sie denn, ich trage kein Verschulden.

Eyjolf.

Ich freue mich schon ordentlich darauf.
Ihr werdet sehn, nicht eine Woche dauert's,
Daß zahm sie wird gleich einem Turteltäubchen;
Die beste Hausfrau und bei alledem
Im Innersten ganz glücklich und zufrieden.

Mörd.

Soll ich Halgjerde gleich jetzt rufen lassen?
Entschuldigt, wenn ich glaube, daß es besser,
Wenn ich allein die Heirat ihr verkünde.

Eyjolf.

Wir haben miteinander heut' gestritten;
D'rum ist's vielleicht nach Eurem Vorschlag besser.

2*

Ich geh' inzwischen meinen Hof bereiten.
Am Gauding also?

Mörd.

Treffen wir uns wieder.

(Eyjolf ab.

8. Auftritt.

Mörd und dann Halgjerde.

Mörd.

Nun heißt es schnell thun, was gethan sein muß.
Halgjerde!

Halgjerde (von links).

Du hast mich gerufen, Vater?

Mörd.

Ich habe wichtiges Dir zu verkünden;
Bereite Dich, ein e r n s t h a f t Wort zu hören!

Halgjerde.

Du sprachst zu mir nie anders als nur ernsthaft;
Zum Scherz mit mir sah ich Dich nie gestimmt.

Mörd.

Weil Du von klein auf Sorgen stets mir machtest.
Wann hätte Freude ich an Dir erlebt?
Mit Widerwillen fügtest Du Dich nur
In meine Wünsche; e i g n e Kreise waren's,
Worin Dein Denken störrisch sich bewegte:
Wann nahmst Du Antheil je an m e i n e m Thun?

Halgjerde.

Du selber hieltst es anders nie mit mir.
Es springt das Beil Dir stärker nicht zurück,
Als es Dein Arm hat auf den Stamm geschlagen.

Mörd.

Wie dem auch sei, ich habe mich entschlossen,
Dir einen eignen Wirkungskreis zu geben,
Wo unser Wollen störend sich nicht kreuzt:
Ich habe Eyjolf Dich zum Weib versprochen.

Halgjerde.

Das hast Du nicht, Du hast es nicht gewagt,
So ohne mich zu fragen! Eine Probe
Versuchst Du nur, wie ich dazu mich stelle!

Mörd.

Du irrst, er hat mein ganz bestimmtes Wort.

Halgjerde.

So hat er Deines, aber meines nie!
Was, solchem Bauer willst Du mich verkaufen!
Vergraben soll in seine Wüstenei,
Wo jahrelang kein Wandrer hin verirrt,
Ich Leib und Leben, alle meine Wünsche!
Sieh mich nur an, bin ich dazu geschaffen,
Mein Dasein unbekannt dort zu verkümmern?

Mörd.

Woher der Stolz? Ich sehe keinen Grund.
Als eines Bauern Tochter, paßt für Dich
Auch nur ein Bauer. — Oder ist's die Schönheit,
Auf die Du Dir so viel zu Gute thust?

Die ſchätzt ein Jarl nicht anders als ein Bauer,
Nur als ein Mittel, ſeiner Luſt zu bienen.

Halgjerde.

Ich aber will nicht bienen; ich will h e r r ſ ch e n,
Durch meine Schönheit herrſchen! — Und ich fühle,
Daß ich's vermag! Sie ſollen mir g e h o r ch e n,
Die meine Schönheit ſich zum Dienſt begehren,
Den Nacken unter meine Füße beugen
Und bieſes Joch als Wolluſt noch empfinden!

Mörd.

Wenn Du bie Luſt d a z u in Dir verſpürſt
Und auch bie Macht, warum beklagſt Du Dich?
Iſt bie Aufgabe Dir vielleicht zu leicht,
Den wilden Eyjolf zwingen? Uebe Dich,
Erprob' bie Kraft, mit ber Du herrſchen willſt
Im Kleinen erſt, bewähre Dich als Krieger,
Dann magſt Du auch nach Feldherrnwürde geizen.

Halgjerde.

Wenn es nur nicht gerade Eyjolf wäre!
Das iſt kein Menſch, das iſt nur eine Maſſe,
Die ſich bewegt, zermalmend bloß durch Schwere!
O gib mir jeden anbern, ſei's der Schlimmſte!
Den Tiger kann ich durch mein Auge zwingen,
Der Löwe achtet unerſchrock'nen Muth,
Was aber hilft mir wiber einen Stier?
Er ſenkt den Kopf und ohne aufzuſchauen,
Iſt er gereizt, ſtürzt er bem Feind entgegen
In blinder Wuth zerſchmetternd ohne Wahl.

Mörd.

Du f ü r ch t e ſt ihn? Es freut mich bieſe Kunde!

Halgjerde.

Ihn fürcht' ich nicht! ich fürchte nur mein Schicksal!
O Vater sieh, nie that ich eine Bitte.
Heut bitte ich, o fasse doch Erbarmen!
Du stellst mich unter einen Felsenblock,
Der nur mit schmaler Zahnung klebt am Berge,
Und den soll ich bekämpfen! Rühr' ich mich,
Sei's Feigheit, sei es Muth, so stürzt er ab,
Mit seiner Last begrabend meine Glieder!

Mörd.

Mit Vorsatz suchte ich Dir solchen Mann,
Der Deinen Künsten durch sich selbst schon wehrt.
Mit Güte bist Du nie zu zieh'n gewesen,
Gewalt erschufst Du selbst als Herrin Dir.

Halgjerde.

Lass' Mitleid walten, statt Gerechtigkeit!

Mörd.

Du denkst nicht, was Du forderst. Scheint mein Wort
Dir so gering im Werth, es wegzublasen
Mit etwas Flehn und weinerlichen Bitten?
Zwar eines gäb's, was mich bewegen könnte,
Wenn Liebe Du in Deinem Herzen hegtest.
Du aber liebst nicht, kannst auch gar nicht lieben,
Da um Dich selbst Dein Ehrgeiz stets Dich dreht.
Wo Liebe fehlt, da muß Gewalt regieren! —
Ich sollte mich erweichen lassen, denkst Du?
Wo hast Du denn den stolzen Sinn erworben,
Der herrschen Dich und nie gehorchen lehrt,
Als wie von mir? Aus einer Quelle fließt
Dein Stolz so gut wie meiner. Stopft' ich sie,
So müßte unser beider Herz verschrumpfen.
Bist Du geneigt, den Herrschersinn zu lassen?

Halgjerde.

Ich danke Dir! ich hatte mich verloren,
Den eig'nen Sinn auf kurze Zeit verkannt:
Du hast zurück mich in mich selbst geworfen!
O Kinderwahn, Freiheit sich zu erbitten,
Freiheit muß man erkämpfen und ich will's!
Du hast die Macht: ich werde Enjolf's Weib.

Mörd.

Ich freue mich, vernünftig Dich zu sehn;
Fährst Du so fort, am Ende schlingt sich noch
Ein wärmer Band aufs Neu um uns're Herzen.

Halgjerde.

Du irrst; das letzte hast Du heut' zerrissen.

Mörd.

Bald dankst Du mir, was heute Du beweinst.

Halgjerde.

Das kann wohl sein; doch anders, als Du meinst.

(Mörd ab.)

9. Auftritt.

Halgjerde.

Halgjerde.

Ich Enjolf's Weib! — Was es auch kosten möge,
Das sei die erste Staffel meiner Bahn!
Ich will nicht Thon sein in des Schicksals Hand,
Der auf des Lebens Scheibe umgewirbelt,
Bei jedem Druck und Griff sich weichend fügt.
Nein, aus mir selbst will ich mein Sein gestalten

Und jeder Lebenslage, die mich trifft,
Aufpressen stets der eig'nen Zwecke Form.
Was wär' das Leben, wenn wir's nicht beherrschten?
Mein Wille sei die Macht, der alles dient,
Und immer höher will ich durch ihn steigen,
Die Krone mir mit starker Hand zu greifen.
Und wenn ich unterliege, sei's darum,
Ich falle stolz, nicht feiger Schwäche dienend!
Doch wenn ich siege, wenn das Ziel erreicht
Und meinem Wink gehorchend alles folgt —
Dann aus dem Vollen will ich sie verkosten
Die Herrscherlust, den Göttertrank der Macht;
Dann will ich — doch was hab' ich dann zu wollen?
Wozu befehlen, wenn ich so schon weiß,
Daß alles folgt? — Ein neues muß dann kommen,
Ein and'res, das die Seele mir erfüllt.
Ich glaube fast, dann könnt' ich dienen wollen —
Mit Lust gehorchen, ist's kein Widersinn?
Ich kann nicht lieben, sprach vorhin mein Vater;
Was ist die Liebe? Ist sie die Begierde,
Statt eig'nem Willen, fremdem sich zu beugen?

10. Auftritt.

Halgjerde und Tjostolf (aus dem Hintergrunde kommend).

Tjostolf

(zu Halgjerde hinstürzend und ihr die Füße küssend).

O meine Herrin!

Halgjerde.

Sklave, stör' mich nicht!
Bleib da! vielleicht kannst Du mir Antwort geben;
Was ist die Liebe?

Tjostolf.

Das versteht Ihr nicht.
Die Kohle da, die aus dem Feuer sprang,
In eig'ner Glut zu Asche sich verzehrend,
Das ist die Liebe!

Halgjerde.

Wahrlich etwas Schönes!

Tjostolf.

Der Gletscher, der von eis'gen Bergeshöh'n
Wie das Verhängniß, ohne Quelle fließend,
Tod und Verwüstung in die Thäler trägt,
Und willenlos beschleunend seine Bahn
Dann in des Meeres blaue Tiefe taucht,
Um selbst zu sterben — das auch ist die Liebe.

Halgjerde.

Erst Feuer und dann Eis! Du redest irre!
Wie konnte ich auch Dich, den Krüppel, fragen;
Kannst ja nicht weiter denken als ein Hund!
Nun, Gottseidank, bald werde ich Dich los.

Tjostolf.

Mich los sein, Herrin? Ich soll Euch verlieren!

Halgjerde.

Du bleibst am Hof; ich aber ziehe fort
Und bin in wenig Wochen Ehjolf's Weib.

Tjostolf (wild).

So liebt Ihr ihn?

Halgjerde.

Hätt' ich Dich dann gefragt
Was Liebe sei? — Da seht Euch nur den Zorn!
Mein Hund will knurren und die Zähne zeigen!

Tjostolf.

Vergebt mir, Herrin! Ach, ich kann nicht denken,
Daß ohne Euch ich weiterleben soll!
Nehmet mich mit!

Halgjerde.

Ich habe keine Lust.

Tjostolf (niederknieend).

O habt Erbarmen! Oder schwingt dies Beil
Und spaltet meinen Kopf Euch zum Vergnügen!
Da, nehmt nur, nehmt! Ich will es gern erdulden.

Halgjerde (das Beil prüfend).

Ist es auch scharf? ich will mich nicht bemühen.

Tjostolf.

Auf einen Hieb erschlug ich einen Bären.

Halgjerde (ausholend).

Das läßt sich hören! Also aufgepaßt!
(Sie zögert plötzlich.)

Tjostolf.

O schlagt nur zu, wenn's Euch beliebt! Ich halte!

Halgjerde.

Du schlugst den Bären! — Ah, so gehst Du mit!

Tjostolf.

So darf ich bei Euch bleiben, Herrin? Ja?

Halgjerde.

Du kommst mit mir hinauf auf Eyjolf's Hof
Und dieses Beil behalte stets am Leibe!

Tjostolf.

Ihr könnt mich immer tödten, wenn Ihr wollt;
Stets will ich es an meiner Seite führen!

Halgjerde.

Wer weiß, wer einst wird seine Schärfe spüren.

(Der Vorhang fällt.)

Zweiter Act.

Die Scene stellt den Platz des Volksdinges vor. Eine in den Hintergrund verlaufende Straße theilt die Bühne in eine rechte und linke
Seite. Auf der linken Seite im Vordergrunde eine kleine Erhebung,
der Malhügel; dahinter das Haus des Königs. Rechts im Vordergrunde die Dinghüte Enjolfs mit einer Thüre gegen den Zuschauer-
raum und einer Bank an der Außenwand. Der ganze Hintergrund
ist mit Hütten erfüllt. Im Vordergrunde rechts und links Zugänge
in die Hauptstraße.

1. Auftritt.

Enjolf und Sörle (aus der Thür tretend).

Sörle.

Da Du es willst, such' ich Dir einen Käufer;
Es wird nicht schwer sein, einen aufzutreiben. —
Doch als Verwandter muß ich Dir gestehen,
Ich bin erstaunt, daß Du die besten Gründe,
Die noch dazu die nächsten sind am Hofe,
Verkaufen willst!

Enjolf.
Ich brauche baares Geld.

Sörle.

So viel ich weiß, hast niemand Du erschlagen,
Daß Du zur Wehrgeldzahlung Gelder brauchtest;
Die Ernte war nicht schlecht und überdies
Hat Deine Frau Dir auch was mitgebracht.

Eyjolf.

Das Alles ist schon richtig; aber dennoch —

Sörle.

Ich bin Dein Vetter, mein' es gut mit Dir,
D'rum nicht als Spott faß' meine Worte auf,
Wenn ich Dir sage, daß man sich erzählt,
Halgjerde mache mit Dir was sie will
Und bringe Dich langsam um Hab' und Gut.

Eyjolf.

Mir in's Gesicht wird keiner wohl das sagen!

Sörle.

Sie werden sich wohl hüten; aber, Eyjolf,
Ganz im Vertraun, mir scheint, sie haben recht.

Eyjolf.

Du kennst sie nicht! Ich selbst bin der Verschwender,
Mir fließt das Gold nur so durch meine Finger. —
Auf meinen Hof, der früher einsam stand,
Wie eine Krummholzföhre, die ein Rabe
Sogar nur selten sich als Ruhplatz wählt,
Kömmt wöchentlich jetzt elsternhaft Gevögel,
Die Wanderkrämer mit dem Waarensack.
Beim Kommen drückt die Last sie auf dem Rücken,
Beim Gehn nicht mehr; doch klimperts in den Taschen!

Sörle.

Und Alles das für sie? Wahnsinnig bist Du!
Ich glaubte sonst, Du wärest Herr im Hause!

Eyjolf.

Du weißt nicht, Sörle, wie die Liebe thut!
Sonst freiten wir, um unser Heim zu ordnen,
Zum Kinderzieh'n und sonst'ger Nüchternheit —
Das aber ist was and'res — ist ein Rausch,
Der um die Sinne sich verwirrend legt,
Es ist das Rasen wie im blut'gen Kampf,
Berserkerwuth, Wolluft im Todesgrauen!
Zu allbem aber kommt noch eins, das schönste,
Ich fürchte sie!

Sörle.

Das kannst Du selbst nicht glauben.

Eyjolf.

Am Morgen war's nach uns'rer Hochzeitsnacht.
Blutroth erhob in grauen Morgennebeln
Die Sonne sich und um ihr Schreckenshaupt
Kroch lockengleich zerrissenes Gewölk. —
Da fühlt' ich plötzlich etwas schlangenartig
An meinen Leib sich legen, und ein Schmerz
Vor meinen Augen ließ mich jäh erwachen. —
Da sah ich sie weit über mich gebeugt,
Das Haar im Morgenschein wie lohes Feuer,
Die grauen Augen kalt in meine bohrend —
Und langsam — wie aus Schonung unerbittlich —
Näherte sie ein Messer meinem Auge:
Ich sah es kommen, fühlte schon die Spitze,
Wie sie sich schleichend in den Sehnerv bohre,
Und doch konnt' ich kein Glied bewegen, schreien,
Als hätt' ihr Auge meine Kraft gefesselt.
Am ganzen Leib brach kalter Schweiß mir aus,
Mein Athem stockte und der Herzschlag schwieg.
Da plötzlich lachte sie, wie Kinder lachen,
Und warf das Messer fort in eine Ecke.

Und eh' ich noch von meinem Schreck erholt,
Raubt sie mit Küssen, holdestem Geschmeichel
Wie liebestoll auf's neu' mir die Besinnung.

Sörle.

Zwar ist es seltsam; doch Du bist ein Mann
Und kannst den Zauber brechen, wenn du willst.

Eyjolf.

Ich kann nicht wollen. Denn ich fühle stets
Wie den Gedanken sie im Herzen liest.
Vor diesen Augen kann ich nichts verbergen;
Ich habe einmal Ihren Blick gefühlt,
Ein zweitesmal könnt' ich ihn nicht ertragen.

Sörle.

Du warst zu viel allein und bist d'rum krank.
Hier auf dem Ding wirst Du Dich jetzt zerstreuen
Und andere Gedanken wieder fassen.

Eyjolf.

Wenn ich auch krank bin, will ich nicht gesunden.

Sörle.

Komme nur mit, wir suchen Freunde auf
Und wollen alte Kriegserinnerung pflegen.
Das steht dem wilden Eyjolf doch wohl an?

Eyjolf.

Der wilde Eyjolf? — Freund, Du riefst mich recht,
Die Saite ist in mir noch nicht zersprungen.

(Beide ab.)

2. Auftritt.

Der Raum zwischen dem Malhügel und Enjoli's Hütte hat sich
inzwischen mit Volk gefüllt. Mann, Frau, Kind, Gernling, alter
Vikinger, junger Krieger, später auch Halgjerde vor ihre Hütte
tretend.

Mann.

Da bleibt nur beide! S'ist ein guter Platz.

Frau.

Sieht man von hier auch alles?

Mann.

Wenn ich's sage!
Ah, Vetter Gernling, Ihr? Ihr macht Euch selten!

Gernling.

Was, Frau und Kind auch mit zum Ding gekommen!

Frau.

Ich bat so lange, bis er mir's gewährte.
Es ist auch gar zu einsam stets bei uns,
Besonders, wenn auch Ihr nicht kommt, der einz'ge,
Der schöne Neuigkeiten immer weiß.

Gernling.

Ich hab' schon wieder einen ganzen Vorrath,
Doch davon später — hier ist's so schon lustig.
Seht nur einmal den Jungen dort Euch an,
Wie er gewichtig thut in seinen Waffen,
Die heuer er zum erstenmal darf tragen.
„Man kann das Ding nicht ohne ihn eröffnen!"

3

Mann.
Euch kommt der Spott noch theuer einst zu steh'n.

Gernling.
Nicht nur die Zunge ist bei mir geschliffen.

Halgjerde.
Wie man sich drängt, den Herrscher zu erblicken,
Als wäre er was höher's als ein Mensch!
Es scheint, die Meisten sind dazu geboren,
Um zu gehorchen, wen'ge nur zu herrschen.
(Der König schreitet von seinem Haus mit Gefolge auf den Mal=
hügel hinauf).

Kind.
Wer ist der Mann dort mit dem weißen Bart?

Frau.
Sei still! das ist der König. — Paß jetzt auf!

Volk.
Heil! Heil! Heil!

3. Auftritt.
Vorige und König.

König
(das Schwert ziehend und senkrecht emporhaltend).

Die Sonne hat den höchsten Stand erklommen
Und unter sich tritt jeder seinen Schatten;
Die Zeit ist voll: so öffne ich das Ding! —
Nach Aufgang und nach Niedergang, nach Mittag

Und auch nach Mitternacht gebiet' ich Friede.
Wie ich des Schwertes Spitze hier vergrabe,
So ende Zwistigkeit und Kampfeshader.
Dingfriedensbruch wird mit dem Tod bestraft.
Blutrache schweigt und das Gesetz allein
Schirmt aller Recht. — So ist das Ding denn auf!

Volk.

Heil! Heil! Heil!
(Das Schwert bleibt auf dem Malhügel stecken; König mit Gefolge
ab, Bewegung im Volke.)

4. Auftritt.
Vorige.

Gernling.

Ihr wollt schon fort? ich rathe Euch zu bleiben;
Ihr könnt von hier auch Gunnar's Einzug seh'n.

Mann.

Wie, Gunnar ist zurück?

Frau.
Des Königs Neffe?

Gernling.

Das wißt Ihr nicht? bald eine Woche ist es,
Seit er von seinem Vikingszug daheim;
Und vor ihm eilt der Ruhm von seinen Thaten.

Frau.

Ei freilich bleiben wir dann. Nicht wahr, Mann?
Und Ihr, ich bitt' Euch, um die Zeit zu kürzen,
Erzählet uns von seinen Abenteuern!

3*

Gernling.

Ihr wißt, man braucht mich niemals lang zu bitten.
Zwei Jahre find's —
(Es hat sich um ihn eine Gruppe gebildet; er steht nicht weit von
der Bank, auf welcher Halgjerde sitzt.)

Alter Viking (hinzutretend).

Ihr sprecht von Gunnar, scheint es?
Wenn Ihr gestattet, höre ich auch zu.
Schon lang ist's, seit auf weißen Wellenrossen
Ich ausgeritten bin zu Kampf und Sieg.
Ich sitze jetzt zu weit im Lande drinn;
Doch hör' ich gerne Vikingsfahrten sagen.

Junger Krieger (hinzutretend).

Ich sitz' am Velfingfjorde, und mein Vater
Hat selbst ein Schiff —

Gernling.

Wenn Ihr's mit allen Thaten
Die Ihr im Leben schon vollbracht, befrachtet,
So wird der Bord zu tief wohl ein nicht tauchen.

Junger Krieger.

Wenn Ihr mich spotten wollt!

Gernling.

Auch ohne Spott;
Aus Gunnar's Thaten könnt Ihr manches lernen,
Selbst wenn Ihr zehnmal Island habt gesehn. —
Nun, wie gesagt, heut war es vor zwei Jahren
Daß Jarl Gunnar zum König Kaare trat
Und ihm erklärte, er sei alt genug,
Um sich die Welt als Viking zu beseh'n.

Der König war damit nicht einverstanden:
Er selber stehe schon am Rand des Grabes
Und könne d'rum den Erben zieh'n nicht lassen;
Und Gunnar's Bruder Kulkskjäg sei zu jung.

Halgjerde.

So ist's bestimmt, daß nach des Königs Tode
Dann Reich und Krone sich auf Gunnar erbt?

Gernling.

Der König hat ja keinen Sohn; und sie
Sind seine Bruderskinder. — Hört nun also:
Gunnar beharrte trotz des Königs Reden
Bei dem Entschluß. Er rüstete ein Schiff
Und eh' noch recht das Wintereis geschmolzen,
Stach er in See, selbst vierzig Mann an Bord.
Zuerst kam er an Island's kalte Küsten,
Dann zu den Faröer= und den Orkneyinseln;
Und stets vom Meer= und Schlachtenglück begünstigt,
Schlägt er sich durch der Dänen Räuberschiffe,
Die England's Küsten mückengleich umschwärmen,
Hindurch bis an der Themse breite Mündung.
Von König Ethelred mit Huld empfangen,
Trat auf ein Jahr er ein in seine Dienste.
Von Tag zu Tag stieg er an Ruhm und Anseh'n
In vielen Kämpfen mit den Dänenschiffen,
Bis daß mit einer anvertrauten Flotte
In einer Schlacht er völlig sie besiegte
Und England's Meere gründlich säuberte.
Das ganze Volk bejubelt ihn als Retter
Und König Ethelred versuchte alles,
Ihn noch an seinem Hofe festzuhalten.
Er bot die Hand ihm seiner Tochter an —

Halgjerde.

Und er verlobte sich?

Gernling.

Er lehnte ab
Und wollte weiter — denn das Jahr war um;
Ihn aber trieb's zu neuen Abenteuern.
Trotz aller Warnung vor der Dänen Rache
Und dem Erbieten, ihm Geleit zu geben,
Ging er in See mit seinem alten Schiff,
Den Kiel auf Jütland's Inselgruppe richtend. —
Es war die Zeit der wilden Frühjahrsstürme
Und pfeilschnell schnitt der Schnabel durch die Flut.
So kam's, daß Ende kaum der zweiten Woche
Sie wieder Land vor sich erblickten. Eine
Der vielen vorgeschob'nen Inseln war's.
Das Ufer schien verlassen — so beschloß
Denn Gunnar ohne Zögern anzulaufen,
Um seinen Mannen ein'ge Rast zu gönnen.
Schon hing der Anker wurfbereit am Steven,
Als plötzlich Kampfgeschrei die Luft durchschneidet
Und rechts und links aus einem Hinterhalt
Drei Dänenschiffe auf ihn los sich stürzen.
Die See war schwer — doch Gunnar rasch entschlossen
Nimmt stramm am Wind, jetzt noch ein Segel bei
Und dreht das Steuer scharf auf seine Feinde.
Als die am Steven sah'n den Drachenkopf,
Da scholl es Rache! wild aus ihren Kehlen. —
Die Sache stand für Gunnar ganz verzweifelt:
Vor sich zwei Schiffe und im Rücken eins;
Das letzte zwar nur langsam näher kreuzend. —
Wie Falken, die sich um die Beute streiten,
So schossen beide g'eneinander. — Da —
Man konnte schon der Augen Weißes seh'n —
Kam eine Bö — und durch den Ueberdruck
Brach Gunnar's Mast und knickte über Bord.

Alter Viking.

Verdammt! Da mußt' er ja verloren sein!

Gernling.

So dachten auch die Feinde. Doch der Schwung
Des Schiffes war so stark, daß wie ein Keil
Er sich noch zwischen beide Dänen drängte.
Gunnar, das Steuer aus den Händen lassend,
Sprang wie ein Blitz in's linke Schiff hinüber,
Ihm nach zwei Mann. Sigfus von Sida aber
— Trotz seiner Jugend schon ein tapf'rer Krieger —
Mit allen andern in das rechte Schiff.
Des Bordes Enge ließ die Ueberzahl
Der Dänen nicht so sehr zum Ausschlag kommen.
Ein Morden war's um jede Ruderbank,
Doch unaufhaltsam brach sich Gunnar Bahn.
Als endlich er das ganze Schiff durchschritten,
War nur ein Mann auf beiden Seiten übrig:
Hier Gunnar, ganz in Schweiß und Blut gebadet
Und gegen ihn Schiltung, der Dänenherzog,
Ein Riese von Gestalt. — Mit Zorneswuth,
Den Kampf auf einen Streich jetzt zu beenden,
Schwang er die Streitaxt über Gunnar's Haupt.
Der Hieb war furchtbar — doch zur Seite springend
Ließ Gunnar ihn an sich vorübersausen.
Das Beil, von keinem Widerstand gehemmt,
Fuhr krachend in das Holz der Ruderbank
Und blieb d'rin stecken. Gunnar aber stieß
Das Schwert dem Dänenherzog in die Seite.
So war er Herr des Schiffes. Als er nun
Aufathmend um sich blickte nach den Freunden,
Wie ihnen wohl der schwere Kampf gelungen,
Sah beide Schiffe er am Sand gestrandet.
Sie hatten zwar gesiegt, doch in dem Kampf
Warf sie die Brandung auf das seichte Ufer.
So stand allein er gegen Wind und Wetter
Ein Spielzeug nur den aufgeregten Wogen.
Schon wollte er sich in das Wasser stürzen,
Um schwimmend so das Land noch zu erreichen,

Als plötzlich hinter einem Wellenthal
Das dritte Dänenschiff stampfend erschien.

Frau.

Entsetzlich solche Noth! was konnt' er thun?

Geruling.

Er warf schnell von sich Helm und Schwert und Schild
Und stieg im Tauwerk auf den Mast hinauf.
Dann legt' er einen Pfeil auf seinen Bogen,
Und ob der Mast auch schwankte wie ein Halm,
Schoß er dem Steuermann ihn in den Hals.
Der Führung lebig, fiel das Schiff vom Winde,
Bis schnell ein and'rer hin zum Steuer sprang.
Doch diesen auch erreichte Gunnar's Pfeil;
Ein dritter nahm das Ruder in die Hand,
Mit starkem Weidenschild den Leib sich deckend.
Doch Gunnar's Pfeil, mit Doppelkraft geschossen,
Nagelte ihm das Holz an seinen Kopf.
Entsetzen faßte da die Dänenmannen,
Denn solche Kraft und Sicherheit des Schusses
War unerhört. Von feiger Furcht erfaßt,
Wollt' keiner mehr die Steuerstange halten;
Und so vom Wind mit gleicher Kraft getragen
Trieben jetzt beide auf den seichten Strand.
Gunnar's Gefährten hatten unterdeß
Den aufgelauf'nen Dänen freigemacht
Und segelten zu Hilfe ihm entgegen.
Die Feinde, von zwei Seiten so bedroht
Und ohne Ausweg, streckten jetzt die Waffen.

Alter Viking.

Ein wunderbarer Sieg fürwahr. Selbdritt
Ein Schiff erobern und dann ganz allein

Ein zweites wehrlos auf den Strand zu treiben!
Ein solcher Mann ist ganze Heere werth!

5. Auftritt.

Vorige, Gunnar, Kultsfjäg und Volk.

Volk (hinter der Scene).

Heil! Heil, Gunnar! Heil!

Frau.

Hört Ihr, er muß schon kommen!

Halgjerde (sich aufrichtend).

Ja, er muß!
Ich fühle, die Entscheidung naht heran.
(Der Zug kommt links aus dem Vordergrund; Gunnar und
Kultsfjäg gehen nebeneinander.)

Kultsfjäg.

Gunnar, ich war noch nie so stolz wie heute,
Wo wieder Du an meiner Seite stehst.
Der Quell der Freude, lange eingefroren,
Bricht frisch hervor, von Deinem Blick getroffen.
Du bist die Stärke, bist der Siegesjubel,
Daß nicht nur ich, nein, alle Heil! Dir rufen.

Volk.

Heil!

Halgjerde.

Kultsfjäg, Du irrst! Nicht alle rufen Heil,
Weil alle nicht wie Du geartet sind.

Sein Leben heißt für Dich dem Thron entsagen,
Und Du freust Dich darüber, rufst ihm Heil.

Kulkskjäg.
Daß Du nicht Heil rufst, hindert Dich der Neid!

Halgjerde.
Gunnar! Du glaubst, Du hättest viel vollbracht
Weil mit dem Bogen Du das Ziel nie fehltest;
Auch diese alle fühlen sich besiegt
Und rufen Dir, dem hehren Helden, Heil!
Ich aber nicht! ich bin noch nicht besiegt:
Ich habe meine Waffen, wie Du Deine
Und biete Dir den Kampf um jeden Preis!
(Zwischen Halgjerde und Gunnar hat sich ein freier Raum gebildet.)

Gunnar.
Du willst mich spotten, weil Du mich nicht kennst!
Doch sollst Du mich gleich kennen lernen. Sieh!
Ich lege diesen Pfeil auf meinen Bogen
Und treffe Dich, wenn Du nicht Heil mir rufst!

Halgjerde.
Schieße!

Gunnar.
Rufe!

Halgjerde.
Schieße!

Gunnar.
Rufe!

Halgjerde.

Schieße!
Ich rufe erst, wenn Du mich tödtlich trafst!
Nun zittert Deine gar so sich're Hand?

Gunnar (den Bogen sinken lassend).

Ich kann nicht!

Kulfskjäg (ihm die Waffe entreißend und zielend)

Nun so gib den Bogen!

Gunnar (ihm in den Arm fallend).

Halt!
Du darfst nicht schießen, wenn ich zögerte!

Kulfskjäg.

Bruder, ich muß!

Gunnar.

Und ich verbiete Dir's!
Gib meinen Bogen und wir wollen gehn.

Kulfskjäg.

Es ist Dein Wille. Doch ob's recht gethan?

Gunnar.

Wir gehn zum König!
(Der Zug geht weiter.)

Geruling.

Die ist wohl verrückt?

Frau.

Mir wär' es lieber, hätt' er sie erschossen.

(Während sich das Volk murmelnd verläuft, tritt Mörd zu Halgjerde.)

6. Auftritt.

Mörd und Halgjerde.

Mörd.

Ich wünsche Glück zu Deinem hohen Spiel!
Doch weiß ich nicht, was Du damit bezweckst.

Halgjerde.

Ich habe keine Zwecke, keine Hoffnung —
Aber ich will mich nicht erniedern lassen!

Mörd.

Du warst ja nicht gezwungen, mitzurufen.

Halgjerde.

Wenn ich blos schwieg, so war's so gut, als hätte
Ich mit gehuldigt. — Kann ich auch nicht herrschen,
Will ich doch nie mit Knechtsinn mich beflecken!

Mörd.

Du bist verblendet; rathen hilft da nicht;
Doch eine Warnung laß' Dir wiederholen:
Nie wirst Du glücklich, außer wenn Du liebst!

(ab.)

7. Auftritt.

(Es wird dunkel.)

Halgjerde.

Man will mich feige machen, daß ich nicht
Der eingeschlag'nen Bahn zu folgen wage.
Sie wird kein Glück mir bringen? Ei was Glück!
So ein Geschenk nur aus des Zufalls Hand,
Ein Rauch nur, der sich an die Dinge heftet
Und den ein jeder Windstoß mit sich treibt,
Das will ich nicht als Lebensziel mir stecken!
Mit Rücksicht und Berechnung sollte ich
Stets alles thun, um jenen Dunst zu haschen?
Nein, aus mir selbst schöpf' ich des Handelns Richtschnur!
Den dunklen Trieb, der aus der Seele steigt,
Wie ein Gespenst ungreifbar, unverständlich,
Ihn will ich nähren mit dem Lebensblut,
Bis daß Gestalt und klare Körperform
Er mir gewinnt, durch Thaten sich erweisend!
Schon glaub' ich seinen Umriß zu erkennen,
Seh seine Hand, wohin den Weg sie deutet —
Und sollt' ich jene Stufen nie beschreiten,
Doch will ich ihrer ewig würdig bleiben,
An meiner Hoheit keinen Schatten dulden!

8. Auftritt.

Rechts aus dem Vordergrunde kommen Eyjolf, Sörle und Gefährten
alle betrunken.

Eyjolf.

Was lacht Ihr, he? ich wollt' es Euch nicht rathen! —
(vergeblich den Geldbeutel einzustecken suchend)
Ihr habt ja recht zu lachen, denn Ihr habt
Ja meine Gründe eingesteckt und ich

Kann nicht einmal den Beutel Geld einstecken —
Ah, seht Ihr die dort? Das ist meine Frau.
Jetzt kann ich wieder lachen! sie ist mein!
Versteht Ihr das? und Ihr habt nichts, gar nichts!
Halgjerde, sieh, da bring' ich wieder Geld —
Kannst Dir zu Kleidern feine Leinwand kaufen
Und Spangen für den Hals und um die Arme.

Halgjerde.

Laß mich!

(Die Gefährten lachen.)

Eyjolf.

Ich soll Dich lassen? Aber, Täubchen,
Die Gründe krieg' ich nimmermehr zurück,
Die haben d i e dort sorglich eingesteckt —
Ich hab' nur Dich — doch Du, Du bist mein Weib!

Halgjerde.

Ich sagte Dir schon, laß mich! Du bist trunken.

Eyjolf.

Ich mußt' wohl trunken sein zu solchem Kaufe!
Doch es geschah für Dich, hörst Du, für Dich!

Halgjerde.

Ich zwang Dich doch zu dieser Thorheit nicht.

Eyjolf.

Du zwangst mich nicht? Du zwingst mich ja zu allem,
Daß ich Dir folge, wie ein Hund dem Herrn
Und Dir die Füße leckte, wenn Du's willst.

Sörle.

Hört nur, das will der „wilde Eyjolf" sein!
(Gelächter.)

Eyjolf.

Der wilde Eyjolf: hörst Du, wie sie lachen?
Und ich ertrag's, ertrags um Deinetwillen.

Halgjerde.

Daß Du es duldest, d'rum veracht' ich Dich.

Eyjolf.

Sei doch nicht allzuschnell mit Deinen Worten!
Es reizt mich nicht, die Frechheit zu bestrafen,
Denn diese fürchten sich, wenn ich mich rühre.
Ich will nur Dich —

Halgjerde.

Du wirst mich fortgeh'n lassen!

Eyjolf.

Wir geh'n zusammen!
(Er faßt sie an, wird aber mit Abscheu zurückgestoßen.)
Was, Du stößt mich fort?
Wie einen räud'gen Hund? — Halt ein, ich schwindle!
— Ah so, Du kannst mit mir ja alles machen,
Du hast den wilden Eyjolf ja gezähmt!
Nicht wahr, so denkst Du? lacht nur, Freunde, lacht!
Ich bin ein Knecht, den man vom Hofe jagt,
Ein Spielzeug, das man in die Ecke wirft —
Ja, alles hast Du tückisch mir geraubt,
So Mannesmuth als Stolz und Selbstvertrauen,
Doch eines hab' ich noch: der Arme Kraft!

Halgjerde.

Du glaubst doch nicht, daß Deine Kraft ich fürchte?

Eyjolf.

Du hoffst, daß ich in Deine Augen sehe,
Und meinst in neue Fesseln mich zu schlagen;
Allein ich will nicht seh'n, nicht denken, hören,
Ich will Dich fühlen nur in meiner Faust!

(Er geht auf sie zu und gibt ihr nach einem kurzen Handgemenge einen Schlag. Darauf stößt sie ihn zurück und er taumelt bis an den Thürpfosten der Hütte.)

Halgjerde.

Du schlugst mich, also mußt Du heut' noch sterben!

9. Auftritt.

Vorige. Tjostolf erscheint im Rahmen der Thüre mit geschwungenem Beile.

Tjostolf.

Soll ich?

Halgjerde.

Triff ihn!

Eyjolf (zusammenbrechend).

Du stachst von rückwärts, Schlange!
(stirbt.)

Sörle.

Entsetzlich solche schnelle That! Ruft aus!
(Zu dem im Malhügel steckenden Schwerte eilend.)

Ich klage hier Dingfriedensbruch und Mord!
Dingfriedensbruch und Mord!

(Es kommen Leute aus den Hütten.)

Halgjerde.

Gerächt und frei!

(Zwischenvorhang fällt schnell.)

10. Auftritt.

Beim Aufgehen des Vorhanges ist es wieder voller Tag. Auf dem
Malhügel sitzen in einem Halbkreise um das Schwert die Richter;
darunter Gunnar und Kulkstjäg; in der Mitte der König. Sörle
als Ankläger, dann Halgjerde, Mörd und in einer Ecke kauernd
Tjostolf. Außen herum Volk.

König.

Des Klägers und der vielen Zeugen Eid
Und außerdem der klare Thatbestand
Bekunden deutlich der Beklagten Schuld.
Dingfriedensbruch und Mord hat sie vollbracht
Und Todesstrafe sich damit verwirkt.
Will jemand noch zu ihren Gunsten sprechen,
So tret' er vor! Dann schöpfen wir das Urtheil.

Mörd.

Ich bin ihr Vater. Hört mich an, Ihr Richter!
Ihr sprachet Tjostolf von der Mordschuld frei,
Obwohl er's war, welcher den Hieb geführt.
Warum? weil er gehorchend fremdem Worte,
Dem willenlos er stets gezwungen folgt,
Die That vollbracht. — Nun aber hört mich an:
Auch meine Tochter folgte solchem Zwange!
Von Kindheit auf war sie stets unverständlich;
Hochmuth und Stolz, ein Wahn von blindem Ergeiz

4

Ließ sie stets glauben, Höheres zu sein.
Gehorchen lernt' sie nie; nur herrschen, herrschen,
Das war ihr Traum bei Tag und auch bei Nacht.
Bitten und Strafen half nichts. Biegt die Tanne
So oft Ihr wollt, Ihr könnt den Trieb nicht tödten,
Der senkrecht sie hinauf zum Himmel zieht;
Und brecht Ihr auch den Stamm, es hilft zu nichts:
Ein Nebenzweig wächst aufwärts dann als Krone.
So auch bei ihr; es ist ein dunkler Trieb,
Tief aus der Wurzel ihres Wesens sprossend,
Ihr stolzes Haupt nie der Gewalt zu beugen.
Ich ruf' Euch selbst zu Zeugen: Gestern, als
Gunnar einzog vom ganzen Volk bejubelt,
Da wollte sie allein ihm Heil nicht rufen;
Selbst bei der Todesdrohung blieb sie fest.
Ist das nicht Wahnsinn, unvernünft'ger Trieb?

Kultskjäg
(leise zu Gunnar, der ihn aber nicht hört).

Am Ende rettet sie des Alten Schlauheit.

Halgjerde.

Halt ein, mein Vater, denn Du wirst verdächtigt
Und Schlauheit schilt man Deine Ueberzeugung.
Auch treibt es mir Schamröthe in's Gesicht,
Wenn meine That als unfrei Du bezeichnest.
Ich sollte, um mein Leben blos zu retten,
Das Höchste preisgeben, die Mündigkeit,
Das Recht, für meine Thaten einzustehn? —
Wer seid ihr denn, daß über mich zu richten
Ihr Euch erkühnt? Trag ich nicht das Gesetz,
Das mir befiehlt, allein in meiner Brust?
Jedoch Ihr sagt, die That, die ich gethan,
Gefällt Euch nicht, und weil's Euch nicht gefällt,
Und Ihr die Macht habt, darum straft Ihr mich.

Ihr habt auch Recht, denn Ihr habt die Gewalt.
Doch ich auch hatte Recht, Eyjolf zu tödten.
Er schlug mich, das gefiel mir nicht und so
Bestraft' ich ihn mit Tod. Die Macht war mein,
Wie Ihr geseh'n und darum that ich recht.

Kulkskjäg (aufspringend).

Ich nenn' es schamlos, sich des Mords zu rühmen,
Den Du aus Rachsucht, Zorn, weiß Gott, vollbracht!
Im eig'nen Sinn suchst Du Dir das Gesetz?
Dann folgst Du nur den Lüsten Deines Herzens,
Blinde Begierde ist's dann, die Dich führt:
Ein reißend Thier bist Du, und nicht mehr Mensch.
Hast kein Gefühl Du für die Heiligkeit
Des überkomm'nen Erbes der Gesetze?
Sie sind der Wille eines ganzen Volkes
Und Königsmacht wacht schützend über sie!

Halgjerde.

Du bist beneidenswerth in Deinem Eifer!
Des Volkes Wille also scheint Dir heilig?
Was ist das Volk? Ein Haufe nur von Menschen,
Die jeder ihren eig'nen Vortheil suchen.
Um den zu wahren, schaffen sie Gesetze.
Und die sind heilig? freilich, wie auch nicht?
Dem Krämer ist sein Geld, sein Schwert dem Krieger,
Der Grund dem Bauern und dem stolzen Jarl
Sein Vorrecht heilig; und das alles bleibt
Ihm ja nur durch den Schutz der Volksgesetze.
Ich aber lache über diese Weihe!
Was einzeln ist gemein, ist in der Summe
Und wenn Ihr Tausende auch zählt, nicht edel.

Kulkskjäg.

Wärst Du im Recht auch wegen der Gesetze,
Doch bleibt die That noch immer zu verdammen.

4*

Dort·steht das Schwert, mit seiner Eisenspitze
Von Königshand in Erde tief begraben
Zum Zeichen, daß ein jeder Streit hier ruhe.
Und ben Befehl hast Du auch anerkannt,
Weil auf dem Ding Du weilst aus freiem Willen.

Halgierde.

Darf ich nicht gehen, wo es mich gelüstet?
Auch Königsmacht hat mir nichts zu befehlen. —
Weil einst ein Mann das ganze Volk besiegte
Und mit Gewalt vor seinem Willen beugte,
D'rum ward er König. Dieser ist sein Sohn;
Und weil Bequemlichkeit und feige Rücksicht
Vor neuem Kampf Euch schreckte, blieb er König.
Ihr murrt, wenn man auf jene Narben zeigt,
Die Ihr am feiggekrümmten Rücken tragt.
Gesetz und Königthum ist nur Gewalt,
Heilig für den, der sich besiegt ergibt.
Doch wer der Macht entgegensetzt den Muth,
Die eig'ne Kraft dem fremden Widerstand,
Der bleibt stets frei, ein König für sich selbst.
Das Königsschwert, ich will es selbst erfassen. —

Gunnar

(springt zu ihr hin und hindert sie, das Schwert auszuziehen).

Halt ein! sonst reißt Du jede Schranke nieder,
Die von den Göttern Dich noch eben trennt.
Steig' nicht zu hoch, sonst wirst Du unerreichbar,
Und ich, ich will und muß Dich noch erreichen.
Ich, Gunnar, den Ihr alle hier wohl kennt,
Ich ziehe jetzt mein Schwert, das blank und rein,
Und will es schwingen auf den Todeskampf,
Wenn einer Schuld an dieser will behaupten!

Kulkskjäg.

Bruder, was thust Du!

König.

Gunnar, halte ein!
Für solche That darfst Du das Schwert nicht ziehn!

Gunnar.

Ich darf, denn so bestimmt es das Gesetz,
Daß man den Rechtsfall kann durch Zweikampf schlichten.
Ist es nicht so?

Knlkskjäg.

Der Form nach hast Du Recht.

Gunnar.

Nun denn, so frage ich zum zweitenmal:
Wer will Halgjerden's Schuld an mir erweisen?

Sörle.

Es ist nicht möglich; wer kann mit ihm kämpfen?

Gunnar.

So sprecht sie also jeder Schuld jetzt ledig,
Da niemand wider sie zu klagen hat!

König.

Es darf des Spruchs nicht, da sie ungeklagt.

Gunnar.

Du bist jetzt frei! — Doch hab' ich eine Bitte
Und spreche sie vor allem Volk hier aus:
Willst Du mein Weib sein?

Halgjerde.

Ja — und Königin!

(Der Vorhang fällt schnell.)

Dritter Akt.

Die Scene stellt einen Saal des Königspalastes vor. Rechts und links im Vordergrunde Thüren. In der Mitte der Bühne ein durch einen Vorhang abgesperrter zweiter Raum, zu welchem die Stufen hinaufführen. Rechts im Hintergrund ein erkerartiges Kämmerchen. Links im Vordergrunde zwischen zwei mächtigen Säulen der Thronsitz. Morgengrauen.

1. Auftritt.

Sigfus von Zida und Tjostolf. (Tjostolf kommt aus seinem rechts-liegenden Kämmerchen und setzt sich in der Mitte auf die Stufen.)

Sigfus.

Was willst Du hier?

Tjostolf.

Ich bat Dich doch um nichts!

Sigfus.

Du wirst den König wecken, der jetzt schläft!

Tjostolf.

Im Grab wird er genug bald schlafen können.

Sigfus.

Tückischer Zwerg! erstick' an Deinem Neide!
Kehr' in die Nacht zurück, die Dich erzeugte!

Tjostolf.

In meinem Erker scheint noch nicht die Sonne;
Und da ich selbst nicht leuchte, such' ich Licht.

Sigfus.

Dein Neidingswerk hat doch wohl keine Eile.

Tjostolf.

Du bist ein feiner Herr, Sigfus von Siba.

Sigfus.

Was soll mir das?

Tjostolf.

Bist Du auch noch so fein,
Du kommst wohl nie in diesen Schuh hinein!

Sigfus.

Ei, sieh', ein Schuh!

Tjostolf.

Rühr' mir mein Ding nicht an!
Nun, stach Dich eine Natter, daß Du zuckst?

Sigfus.

Für wen gehört der Schuh aus Hermelin?

Tjostolf.

Jetzt wirst Du selbst den kranken König wecken.

Sigfus.

Hat sie ihn schon getragen? Sieh, ich biete
Dir diesen Beutel Geld für einen Schuh.

Tjostolf.

Der Hermelin paßt nur zur Königswürde.

Sigfus.

Ich muß ihn haben, forb're, was Du willst!

Tjostolf.

Du bist noch nicht recht aufgewacht, mein Sohn,
Und träumst mit off'nen Augen weiter fort.
Bald wirst Du abgelöst vom schweren Dienste.
Sieh' nur, schon ist die Dämmerung vorbei
Und auch in meinem Erker ist schon Licht.
Wünsch' guten Morgen!

(lachend in seinen Erker ab.)

2. Auftritt.

Sigfus.

Sigfus.

Wie mir das entfuhr!
O daß ich fliehen könnte vor dem Bild,
Das sich in alle Sinne mir geprägt
Und wie ein Durstgespenst trinkt meine Säfte!
Die gift'ge Wärme dieser dumpfen Nacht
Hat es zum Riesenhaften ausgebrütet.
War das ihr Athem, durch die Mauern dringend,
Der sich um meinen Schlaf berauschend legte,
War das ihr Blick, durch Thor und Riegel dringend,
Der mich im Innersten verwandelt hat? —
Die Sonne steigt, in Feuerreinheit strahlend,
Ich aber seh' sie nicht mehr so wie einst:
Ein Schatten schiebt sich stets vor meine Augen,
Der an sich zieht des Glanzes größ'ren Theil. —

War ich zu stolz auf Muth und freie Kraft,
Da sorgenlos ich diese Erde trat,
Daß jetzt aus Strafe Du mir alles raubst!
Ich bin nicht ich mehr, bin nur mehr ein Sehnen,
Ein Abhang auf sich selbst zur Tiefe rollend,
Zur Tiefe des Verderbens und der Liebe.

3. Auftritt.

Sigfus, Kultsfjäg und König.

Kultsfjäg (den Vorhang zurückschlagend).
Ist es so recht?

König Kaare (auf einem Krankenbette).
Schlag' ihn nur ganz zurück.
Nicht lange wird die Sonne mir noch leuchten.

Sigfuß.
Der König wacht — so ist mein Dienst denn aus;
Es kühle Morgenluft mein siedend Hirn!

(ab.)

4. Auftritt.

Kultsfjäg und König.

König.
Kultsfjäg, komm' her, laß Dir in's Auge schau'n!
Du bist verwandelt ganz in Deinem Wesen;
Der Frohsinn weg und statt der Jugendlust
Seh' Sorge ich in Deinen Brauen wohnen!

Kultskjäg.

Wie sollt' ich nicht?

König.

Ich weiß, daß Du mich liebst!
Allein das ist's nicht, was Dich so beschwert.
Daß Alte sterben, ist der Lauf der Welt,
Doch Dein Gemüth umlagert tief'rer Schatten.

Kultskjäg.

Dring' nicht in mich, Herr König!

König.

Laß mir doch
Die Freude, and're noch zu trösten, wo
Ich selbst mir nicht mehr helfen kann. Auch glaub' ich
Zu wissen, was Dich so mit Kummer drückt.

Kultskjäg.

Euch ist es kund, wie ich den Bruder liebte.
Fünf Jahre jünger, blick' ich zu ihm auf
Als meinem Vorbild ewig unerreichbar.
Nicht eine Falte war in seinem Herzen,
Worin ein Arges sich verstecken konnte!
Als er nun gar von seiner Fahrt jetzt kehrte,
Bedeckt mit vieler Heldenthaten Ruhm,
War er zum Gotte fast für mich geworden.
Da mußt' er jenem Zauberweib begegnen!

König.

Es war sein Schicksal! Doch noch ist er rein.

Kultsfjäg.

Weil sein Gemüth ist wie ein Bergkrystall,
Der wachsend von sich scheidet alles Dunkle.
Sie aber ist ein allverzehrend Feuer,
Vor dessen Hauch der Felsen selber schmilzt.
Auch ein Krystall kann da nicht widerstehen,
Er muß zerspringen und zu Staub zerfallen,
Und mit gemeiner Erde dann sich mischen.
D'rum haß' ich sie mit allen meinen Fasern,
Wie man den Wurm haßt, der die stolze Eiche
Tückisch anbohrend um ihr Mark betrügt;
Wie man den Pfeil haßt, der als letzter schwirrend
Im Siegesjubel uns den Freund noch tödtet!
Oh könnt' mein Haß in meine Augen treten
Und dort als Frost auf sie hinüberstrahlen,
Längst wäre sie zum Eisblock schon erstarrt!

(Der Mittelvorhang fällt zu.)

5. Auftritt.

Gunnar und Halgjerde.

Halgjerde (von rechts).

Laß Dich erbitten, bleibe noch ein wenig!
Sag, eine Biene, schiltst Du sie nicht grausam,
Wenn ihr ein Blumenkelch voll Sehnsucht ruft,
Dem leichten Sinn's sie war vorbeigeflogen,
Daß einen Augenblick sie niederstiege
Und kostete vom süßen Liebestrunke —
Es wär' des Lebens Gipfel für die Blume
Und für die Biene spielender Genuß!

Gunnar.

Mein liebes Weib! — Die Biene ist nicht grausam
Sie folgt dem Zuge der Natur. Und wer

Kann etwas gegen sie? — Mich treibt's hinaus,
Zu Roß die frische Morgenluft zu athmen
Und Lebenslust im Jagen zu verkosten!

Halgjerde.

So muß ich Abschied nehmen denn von Dir?

Gunnar.

In wenig Stunden bin ich Dir zurück.

Halgjerde.

O das ist nichts. — Der erste Schritt hinaus
Und seinem Weib gehört der Mann nicht mehr.
Er ist entzaubert für den ganzen Tag.
Und erst des Abends bei des Feuers Scheine
Fällt er zurück in unsern Machtbereich.
Willst Du den kranken Oheim nicht begrüßen?

Gunnar.

Ich sollte wohl, doch — nenn' es wie Du willst —
Ich sehe ungern kranke Menschen an.
Speertod ist schön und dem entflieh' ich nicht,
Das ist ein Sterben voll aus Lebenskraft.
Doch so ein Siechen, langsam sich verlöschen
Dünkt mich so öde, trübt mir das Gemüth. —
Leb' wohl, ich höre schon die Rosse stampfen!

ab.

6. Auftritt.

Halgjerde.

O, wenn er geht, so schwindet auch der Tag.
Aus seinen Augen strahlt ein mildes Licht

Mit seinem Schein die ganze Welt verklärend.
Da gibt's kein grelles und kein eckiges
Und Friede fließt an jedem Umriß hin.
Doch wenn er weg ist, kommt die Finsterniß
Und nur die Flackerflamme meines Herzens
Beleuchtet dann das Wirrsal dieser Welt.
Hier scharfer Schein und dort ein schwarzer Schatten
Unruhig wechselnd wie ein Geistertanz
Verzerren sie der Dinge eig'nes Wesen.
Zum Schwert versteift sich dort das Ebene,
Das sanft geschwung'ne knotet sich als Schlange,
Klein wird das Große, Riesenhaft das Winz'ge
Und aller Dinge Maß bin nur ich selbst. —
Zum König sollt' ich und ich wag' es nicht!
Oh, daß ich dreifach Augenlider hätte,
Um sie zu decken über meine Sterne,
Daß nicht des frevelhaften Wunsches Strahlen
Durchbohrend schießen in des Kranken Herz.
An Gunnar's Seite wagt es kaum zu schwälen
Das Feuer, wie aus Scham, am Boden kriechend;
Doch wenn er weg ist, bläst sich an der Eifer
Und eine Flammensäule wandl' ich fort!

7. Auftritt.

Tjostolf und Halgjerde.

Tjostolf.

O, meine Herrin! eine Bitte hab' ich.

Halgjerde.

Verschwinde, Wurm, daß ich Dich nicht zertrete.

Tjostolf.

Oh tretet nur, wenn's Euch Vergnügen macht.

Halgjerde.

Was willst Du? Sprich!

Tjostolf.

Ich hab' hier Schuhe, Herrin;
Wollt Ihr sie nicht versuchen?

Halgjerde.

Hermelin!
Die Königstracht! — Laß mich damit in Ruhe!

Tjostolf.

Ich hatt' kein Maß, darf ich sie nicht probiren?

Halgjerde.

Ich aber will nicht — auch kein Stuhl ist da.

Tjostolf.

Dort steht doch einer.

Halgjerde.

Ha, es ist der Thronsitz!
Mit unsichtbaren Händen zieht's mich hin —
Ich darf nicht — und ich weiß, ich werd' es thun!
Gehört er mir nicht bald von Rechtes wegen,
Und ist's nicht ein Versuch blos? — Nun, so komm!
Zwei Säulen und ein Sitz, ein Pfühl darauf —
Ein nichtiges Geräth und doch — ein Thron!
Da hängt der Königsmantel, dunkelroth,
Vom Blut ein Zeichen, dem die Macht entsprossen.
Ich fürcht' mich nicht vor Dir! — In Deine Falten
Wag' ich den Leib zu hüllen — oh, Du schmiegst
Wie lang gewohnt, Dich an an meine Glieder.
So sah ich mich im Traume schon der Kindheit,

In stolzen Purpur eingehüllt die Schultern,
Den Fuß in Hermelin — so wollt' ich herrschen
Und niemand war, der sich vor mir nicht beugte.
Und Gunnar? — flieht, oh, fliehet ihr Gedanken!
Wie Nattern ringelt ihr euch um mein Herz;
Berauschend ist's, doch Gift für's ganze Leben!

Tjostolf.

Herrin, der zweite Schuh?

Halgjerde.

Du bist es, Scheusal,
Der diese Brut in mir gezüchtet hat.
Aus meinen Augen, Molch Du der Versuchung!
(Tjostolf ab.)

8. Auftritt.

Halgjerde.

Hier sah ich ihn, wie er mir huldigte,
Den Kopf an meine Kniee angelehnt.
In seinen Augen glomm ein unrein Feuer
Und in mir wuchs und wuchs des Stolzes Flut. —
O, daß er doch mein Inneres durchschaute,
Mit Schaudern sähe meiner Seele Boden,
Um mit Verachtung sich von mir zu kehren
Und so zu heilen mich mit bitterm Tranke!
Doch er und Argwohn! Seine reine Seele
Kann den Verdacht nicht fassen; ohne Zaudern
Legt' er sich hin an eines Lindwurms Seite,
Wenn er nur schmeichelnd Treue ihm versprach. —
Da steht's gemalt in Farben unauslöschlich
Wie er vor mir auf seinen Knieen lag.
Mich wird's verfolgen, wann ich ihn auch sehe

Und stets erstarkend wird die Phantasie
Ihn wirklich einst vor meinem Stolze beugen.
Gibt's denn kein Mittel, diesem Ehrgeizwirbel
Sich zu entreißen ein für allemal?
Wenn ich gestehe, wenn ich es ihm sage,
Ihn blicken lasse in dies Schlangennest,
Das ist die Rettung! Daß sein heil'ger Zorn
Wie eine Fackel fahre in die Brust,
Mit seiner Glut erstickend diese Brut.

9. Auftritt.

Halgjerde und Gunnar.

Halgjerde.

Da kommt er! Muth! Es gilt mein ganzes Glück!

Gunnar.

Du bist's? Wie schön! und königlich geschückt!

Halgjerde.

Gunnar, oh, hör' mich an, sprich so nicht weiter!

Gunnar

Wie sich der Mantel an die Schultern schmiegt,
Als wär' er stolz auf das, was er umhüllt!

Halgjerde.

Ein frevles Spiel war's! Sieh', ich reiß ihn ab.

Gunnar.

Nicht doch, halt ein! Ah, so gefällst Du mir!
Mag Einfachheit die andern Frauen zieren,

Auf Deinen Leib paßt nur die Königspracht.
Und Du bist mein! kaum wag' ich es zu denken,
Mein ist dies Weib, stolz wie die Götter schreitend!

Halgjerde.

O Schicksal, Schicksal!

Gunnar.

Wie, und seh' ich recht?
Ein Schuh von Hermelin! — doch nur der eine —
Dort ist der andre — komm' und setze Dich,
Ich will ihn selbst Dir anzieh'n!

Halgjerde.

Schicksal, Schicksal!

Gunnar.

Nun erst ist sie vollkommen, Deine Pracht.
O bleibe nur, laß mich das Bild genießen,
Mit Deiner Hoheit meine Augen füllen!
Hatte ein Volk je stolz're Herrscherin?
Dir zu gehorchen ist ein Sinnenrausch,
Vor Dir zu knieen himmlische Belohnung.
Laß mich der erste sein von allen Mannen,
Die Deinen Füßen huldigend sich nah'n!

Halgjerde.

Wie ich's gesehn, so trifft es nun auch ein;
Die letzte Fessel sprang, erfüllt mein Hoffen:
Ich hab's gewollt und bin jetzt Königin!

5

10. Auftritt.

(Vorige und Kulkskjäg.)

Kulkskjäg (den Vorhang wegschiebend).
Der König starb! — Gunnar! Er ist verloren!

Gunnar.

Wo war ich doch? und König Kaare todt?
Hörst Du, Halgjerde, unser Oheim todt?

Kulkskjäg.

Komm mit mir, Bruder! Laß die Fremde stehn!
Wir tragen ihn in einen andern Saal!
(Des Königs Leiche wird fortgetragen. Alle, außer Halgjerde, ab.)

11. Auftritt.

Halgjerde.

Ist's nur der König, den sie von hier tragen,
Oder ist's auch ein Stück von meinem Selbst?
So tobtenleer starrt mich der Raum jetzt an
Und eine Leere fühle ich auch da.
Jetzt eine Leere! wo ich das erreicht,
Was schon als Wunsch die ganze Seele füllte?
Will mich's beschleichen doch als wenn Enttäuschung
Mit ihrer Nebelhand die Farben löschte,
Die Hoffnung einst so sonnig überglänzt —
Was nützt das Grübeln! Abgeschlossen liegt
Die eine Hälfte meines Lebens da,
In eine neue trete ich jetzt ein!

12. Auftritt.

Halgjerde und Thorgeyr (von rechts)

Halgjerde.

Wer bist Du, daß Du also ungescheut
In diesen Saal zu dringen Dir erlaubst?

Thorgeyr.

Schlecht reimt bei Dir sich Frage und Gesicht.
Zwar bist Du stolz, wie's zu der Frage paßt,
Doch nur ein Weib! Dem ziemen sanft're Worte.

Halgjerde.

Wag' nicht zu scherzen! Denn Du wagtest's nicht,
Wenn Du mich kenntest: Halgjerde bin ich!

Thorgeyr.

Den Namen hört' ich nie. Allein was thut's!
Schön klänge jeder, wenn er Dir zu eigen.

Halgjerde.

Auf Deine Knie! Ich bin Königin!

Thorgeyr.

Und ich ein König! — Zweifelnd forscht Dein Blick,
Wo mein Gefolge sei und meine Diener?
Ich eilte voraus, weil ich Kunde hörte,
Daß König Kaare auf den Tod erkrankt sei.
Ihn noch zu sprechen, stürmt' ich hier herein.

5*

Halgjerde.

Du kommst zu spät! er starb in dieser Stunde.

Thorgeyr.

Und also seh' ich seine Witwe trauern?

Halgjerde.

Ich bin des neuen Königs, Gunnar's, Weib!

Thorgeyr.

D'ran thust Du Unrecht! — Wärst Du frei gewesen
Ich hätte Dich zu meinem Weib gemacht,
Aus Nord= und Südland e i n Reich mir geschmiedet.
So bist Du nichts und ich nichts. Ew'ger Streit
Nur durch Vertrag nothdürftig überkleistert,
Bleibt zwischen uns und fesselt jede Kraft.

Halgjerde.

Mit Staunen hör' ich Deine Worte an.
Wohl wußt' ich, daß ein König sei in Nordland,
Doch unabhängig nicht! — Vor diesem Thron
Bist Du nur ein Vasall: nicht Südlands König,
Norwegens König nennt sich mein Gemal!

Thorgeyr.

Da bist Du falsch berichtet. Niemals hab' ich
Einem gehuldigt als Norwegens König.

Halgjerde.

So traffst Du heut' die Stunde dazu recht.
Was hätte sonst zu uns Dich hergeführt?

Thorgeyr.

Es ward vor Jahren zwischen mir und Kaare,
Aus kleinem Anlaß großen Krieg zu meiden,
Ein Grenzvertrag geschlossen, beide bindend:
Ihn zu erneuern bin ich heute hier.

Halgjerde.

Daraus wird nichts! — Mit seinem Unterthan
Vermag ein König nicht zu unterhandeln!

Thorgeyr.

Aus Deinem Munde duld' ich die Bezeichnung.

Halgjerde.

Man wird Dich zwingen!

Thorgeyr.

Das ist nicht so leicht!
Der Nordmann steht dem Südmann in nichts nach,
Als in der Zahl. Doch diese auszugleichen,
Hab' ich der Finnen wimmelnd Zwergenvolk.

Halgjerde.

Norwegen will ich unter meine Hand!
Wer Großes will, sieht nicht die Zahl der Feinde.

Thorgeyr.

So hört mich, stolzes Weib! — Ich weiß ein Mittel,
Norwegen hin vor Euren Thron zu legen! —
Werdet mein Weib! — und mit dem Grimm des Wolfes —

Halgjerde.

Wer seid Ihr denn zu solchem Angebot!
Was jetzt mein Recht ist, soll ich mir durch List
Zum Unrecht machen, um es zu erkämpfen!

Thorgeyr.

Nur mit mir, niemals gegen mich erreicht Ihr's.
Groß ist der Preis, den ich für Euch bezahle;
Denn einen Krieg gilt's, mörderisch und grausam,
Sich're Vernichtung jenen oder mir!
Doch gern bezahl' ich's, folgt Ihr mir als Weib!

Halgjerde.

Zurück, Elender, der Du Schacher treibst
Mit allem, selbst mit einer Königin!

13. Auftritt.

In diesem Augenblick treten aus dem Hintergrunde der Bühne
Gunnar mit Begleitung, von rechts aber Thorgeyr's Gefolge ein,
worunter Asbrant.)

Halgjerde.

Ha, Gunnar, eben kommst Du jetzt zurecht,
Um eines Schurken Frechheit zu bestrafen.

Gunnar.

Thorgeyr, Du! — Der König ist's von Nordland.

Halgjerde.

Was, König oder nicht! Uns ist er dienstbar!

Asbrant.

Wer wagt zu sagen, unser Herr sei dienstbar?

Thorgeyr.

Nur eine Weiberzunge, weiter nichts!

Gunnar.

Leg' Deiner Zunge Zügel an! Sonst geht
Mit Dir sie durch und bricht Dir Kopf und Arme!

Thorgeyr.

Ich kam nicht her, um Streit mit Dir zu suchen!
Den König Kaare glaub' ich noch am Leben,
Den Grenzvertrag mit ihm heut' zu erneuern.

Gunnar.

So heiß' ich Euch willkommen hier im Schloß.
Legt ab die Waffen, später sei Berathung.

Halgjerde.

So, Gunnar, hältst Du fest die neue Würde!
Norwegen's König bist Du und das Nordland
Ist wen'ger unterthan Dir nicht als Südland.

Asbrant.

Herr König, lasset Ihr Euch das gefallen?

Halgjerde.

Was darf's Vertrag, wo unser nur das Recht?

Thorgeyr.

Wer ist hier Herr? Seid Ihr es oder sie?

Gunnar.

Sie ist mein Weib! Ihr Wort gilt meinem gleich!

Thorgeyr.

So haben weiter wir hier nichts zu suchen.

Gunnar.

Auch ungesucht, bald werden wir uns finden!

Halgjerde.

Laß' ihn nicht ziehen, eh' er Dir gehulbigt!
Sonst rühmt er sich noch seines Knabenstolzes!

Asbrant (das Schwert ziehend).

Das ist zuviel! Herr König, kehrt zurück!

Gunnar.

Ja, laßt das frohe Waffenspiel entscheiden!

(Eben wollen beide Schaaren aufeinander stoßen, als Kultstjäg, der
unbemerkt im Hintergrunde gestanden, vorstürzt.)

14. Auftritt.

Vorige und Kultstjäg.

Kultstjäg.

Nein, den Triumph kann ich ihr nicht vergönnen.
Halt rufe ich im Namen König Kaares!

Gunnar.

Was meint der Bruder mit des Oheims Namen?

Kultstjäg.

Zuerst zu Euch — laßt jetzt die Waffen ruhen,
Ob nicht Vergleich ich doch noch stiften kann.
Ihr aber und Du, Gunnar, hört mich an,
Bei König Kaare weilt' ich, als er starb.
Nur wen'ge Stunden war's vor seinem Tode,
Daß er auf den Vertrag zu sprechen kam.

Er wünschte diese Frist noch zu erleben,
Um mit Thorgeyr, Nordland's tapf'rem König,
Das alte Bündniß wieder zu erneuen
Und Norwegs Friede lange Zeit zu sichern.
Er gab mir keinen Auftrag, das ist wahr
(Auch hätt' er den an Gunnar richten müssen),
Jedoch ein Spott wär's für sein Angedenken,
Schon jetzt von seinem Willen abzuweichen.
Wer hat von Euch den frevelhaften Muth,
Den heil'gen Schatten mit der That zu schmäh'n?

Gunnar.

Kulkskjäg hat Recht; Unehre wär's dem Oheim,
Wenn seinen Willen wir so schnell vergäßen.
Thorgeyr, höre: Alles sei begraben,
Was zwischen uns jetzt vorgefallen ist.
Zu König Kaare's Sarge laßt uns treten
Und den Vertrag mit Eidschwur dort erneuen.

Thorgeyr.

Ich bin bereit. Das früh're sei vergessen.

Gunnar.

So geh'n wir denn; und alle seien Zeugen.
(Alle durch die Mitte ab, mit Ausnahme von Halgjerde und Kulkskjäg.)

15. Auftritt.

Halgjerde und Kulkskjäg.

Halgjerde.

Wer hat Dich zum Vermittler aufgerufen?

Kulkskjäg.

Der Haß, den ich für Dich im Herzen trage!
Du weißt gar wohl, daß Nordland's Könige

Nicht unterthan sind diesem Throne hier.
Doch Deinem Ehrgeiz freie Bahn zu schaffen,
Säest Du Zwietracht aus mit falschem Wort.

Halgjerde.

Und darum haßt Du mich?

Kulkskjäg.

Oh, nicht deswegen!
Nicht deßhalb, weil mit biebisch kluger List
Auf diesen Platz Du tückisch Dich gedrängt;
Auch nicht, weil Du in frevelfrühem Wunsche
Den Königsmantel um die Schultern decktest —
Das alles ist ja menschlich! — Aber teuflisch
Ist's, wie von Dir ein Hauch des Bösen ausgeht,
Mit gift'gem Samen alles reine schwängernd —

Halgjerde.

Das ist ein Wahn!

Kulkskjäg.

O wär' es nur ein Wahn! —
Was war so rein wie früher Gunnar's Herz,
So unbeugsam und trotzig wie sein Muth?
Da stürztest Du ihn in ein Meer von Wollust,
Daß über seinen Kopf die Wellen gingen —
Und wenn er auftaucht, ist's nicht Gunnar mehr,
Ein Sklave nur mehr Deines Uebermuths;
Denn unumschränkt herrschst Du im Reich des Bösen!

Halgjerde.

Tief sieht Dein Haß und doch nicht tief genug.
Was nur mein Schicksal ist, nennst Du Berechnung!

Kulkskjäg.

So nenn' ich's nicht! Wer wollte das auch schätzen,
Die Sündensaat aus einem Samen sprossend! —
Mit falschem Wort hast Du den Streit erregt
Und schon erwuchs in mir ein Keim des Schlimmen.
Es ist nicht wahr, daß in den letzten Stunden
Von dem Vertrag mir König Kaare sprach.
Nur eine Lüge warf ich vor die Lüge!

Halgjerde.

So hast Du uns getäuscht! Und ich, bethört,
Hielt mich zurück aus einer letzten Scheu!
Nun haß' auch ich Dich! Kampf sei zwischen uns!

Kulkskjäg.

Es braucht der freundlichen Versicherung nicht.
Du wirst mich stets in Deinem Wege finden.
(ab.)

16. Auftritt.

Halgjerde.

Wohlthuend ist ein Kampf, so Brust an Brust
Wo man die Augen ineinander taucht
Wie Dolche! Ha, wir werden uns noch messen!
Was konnt' ich mehr von Dir verlangen, Schicksal,
Als einen Widerstand für meine Kraft.
Dich muß ich brechen, kost' es, was es wolle,
Ohnmächtig mußt Du steh'n in Deinem Hasse
Und lachend will ich über Dich dann schreiten!
(Man hört Lärm.)
Doch, was ist das? Verlassen die von Nordland
Schon jetzt das Schloß? Da kenn' ich Deine Hand,
Kulkskjäg! Du willst das Feuerholz entfernen,

Daß keinen Brand ich noch entfachen könne.
Es hilft Dir nichts; trotz aller Deiner Vorsicht
Zünd' ich sie an die Flamme dieses Kriegs!
Doch warum Krieg? Und wenn auch schon den Krieg,
Warum mit ihm, dem finstern Finnenkönig,
Der sich aus Leidenschaften Waffen schmiedend
Zum wilden Morden will den Krieg verwandeln?
Mord wider Mord! — Das sei des Kampfes Anfang,
Ein Meuchlerschwert getaucht in seinen Rücken! —
Doch wen betrauen mit der finstern That?
Tjostolf? er thut, was ich ihn heiße — aber —

.

17. Auftritt.

Halgjerde und Sigfus (aus der Mitte).

Sigfus.

Kaum sinkt die Nacht, fängt schon der Zauber an.
Von König Kaare's Todtenbette weg
Zieht's mich hieher mit unsichtbaren Armen
Vor ihre Thür, zu ihrem Schlafgemach.

Halgjerde.

Wer bist Du und was machst Du hier zur Stunde?

Sigfus.

Sie ist es selbst! — O Königin, verzeiht,
Sigfus von Siba bin ich und ich habe
Die Wache dort an König Kaare's Sarge.

Halgjerde.

Wie kamst Du hierher, band Dich dort die Pflicht?

Sigfus.

O Königin, ich kann's nicht unterdrücken,
Ich muß es sagen, was das Herz mir sprengt.
Thut dann mit mir, was immer Euch gefällt.
Ich liebe Euch! Die Liebe trieb mich her!

Halgjerde.

Man liebt mich? Ei, das hätt' ich nicht erwartet.
So jung und schon zu lieben! Weißt Du auch,
Was das bedeutet, Halgjerden zu lieben?

Sigfus.

Fragt hier die Steine, ob ich es schon weiß!
Da saß ich nächtelang in Fieberträumen,
Die Blicke starr gerichtet auf die Thüre.
Im Kopfe wallte siedend das Gehirn
Und aus den Höhlen drängt' es mir die Augen.
Entsetzlich; losgetrennt von ihren Sehnen,
So flogen sie, ein schwarzes Schwalbenpaar,
Durch diesen Saal und stießen an die Mauer.
Blutig geschunden, prallten sie zurück;
Doch in erneutem Anstoß vorwärtsfliegend
Durchbohrten sie die Steine, ihren Weg
Mit Blut und Thränen überreich begießend.
Ich war bei ihnen nicht und war nicht hier:
Dort, wo der Schlaf der Glieder Spannung löset,
Da war ein Schauen voll von Schmerz und Wollust;
Und hier, gepreßt an harten, kalten Stein
War nur ein Grausen, augenlose Nacht.

Halgjerde.

Das wär' ein Mann, wie ich zur That ihn brauchte! —
Du liebst mich also? Bist Du auch bereit
Mir den Beweis in Thaten zu erbringen?

Sigfus.

Und Ihr verachtet mich nicht? Wollt gestatten,
Daß ich Euch diene!

Halgjerde.

Schwer ist meine Fordrung!

Sigfus.

Was es auch sei, mir soll der Muth nicht fehlen!

Halgjerde.

Du hast den Nordlandskönig ja geseh'n?
Nun gut. Ich will nicht, daß er länger lebe!
Suche ihn auf inmitten seiner Mannen
Und stoß von rückwärts ihm in's Herz den Speer!

Sigfus.

Ich soll ihn meuchlings morden! Königin,
Noch ist der Leib zur Erde nicht bestattet,
Auf den ich Friede heute mitgeschworen.

Halgjerde.

Mit Deiner Liebe will sich Vorsicht paaren!

Sigfus.

Laßt mich in off'nem Kampfe ihn bestehn,
Wo ich mein Leben setze gegen seines!

Halgjerde.

Und wie, wenn Du statt seiner wirst erschlagen?
Ich will den Kampf nicht, sondern seinen Tod!

Sigfus.

O laßt mir nur das Eine: Ehrlichkeit!
Mein Leben acht' ich nichts, mit all dem andern
Hat es die Liebe ja an Euch verkauft.
Doch eines blieb mir noch; ich brauch's zum Sterben!
Die Ehre laßt mir! Meucheln kann ich nicht!

Halgjerde.

Sei glücklich! Kehr in Deines Vaters Hütte!
Ein ehrlich Herz ist wohl sich selbst genug.

Sigfus.

Ihr weist mich von Euch?

Halgjerde.

Nur zu Deinem Besten.

Sigfus.

Und nein! Ich kann nicht leben ohne Euch!
Gebietet, ich gehorche. Ohne Willen
Fühl' ich mich umgetrieben in dem Wirbel,
In den mich Leidenschaft zu Euch hineinzieht.
Ich lieb' Euch, wie der Wandrer liebt den Abgrund,
In den er schauen muß und schauend stürzen,
Ich lieb' Euch, wie das Herz des Speeres Eisen
Umklammert mit den warmen Lebensfasern,
Wenn es eindringend ihm den Tod gebracht!
Nur einen Augenblick noch laßt mich athmen
Den Anblick Eures Leibes und ich gehe!

Halgjerde.

Du hast gewählt, nicht ich gefordert!

Sigfus (wegstürzend).

Blut!

Halgjerde.

Er hat noch was von einem Kind an sich!

(Der Vorhang fällt.)

Vierter Act.

Dieselbe Decoration wie im dritten Acte.

1. Auftritt.

Gunnar (von rechts).

Da wär' ich endlich! Schwül ist mir geworden
Auf dieser Flucht! Ja, Gunnar ist geflohn:
Und doch kann Scham die Wangen mir nicht färben,
So hat die Furcht sie schaudernd mir gebleicht! —
Was war's? Fast nichts; ein Rascheln in den Büschen,
Ein Zweigeknicken immer hinter mir,
Ein ruh'ger Schritt, der mir im Rücken blieb,
Wie ich auch jagte — ob's nur Täuschung war,
Vom Aderschlag im eig'nen Ohr erzeugt,
Ein Irrlaut bloß? — Hätt' ich nur umgesehn!

2. Auftritt.

Gunnar und Mörd.

Mörd
(sehr verändert, großer Hut, Knotenstock, schnell von rechts).
So sahst Du mich!

Gunnar.
Ich hab' Dich nicht gerufen.

6

Mörd.

Du schiltst, als ob ich Dein Gewissen wäre.
Nicht Du bist's, den ich suche; eine Frage
Hab' ich zu stellen, aber nicht an Dich.

Gunnar.

Was folgst Du mir dann, schleichst auf meiner Spur
Wie ein Gespenst, das seine Zeit erwartet?
Doch nein! ich will nicht zanken, eher flehen:
Hebe Dich weg! Befreie mich von Dir!

Mörd.

Wenn Gunnar bittet, kann er nicht befehlen,
Wenn er nicht schreckt, so muß er selbst wohl fürchten!
Warst Du nicht einst geliebt?

Gunnar.

       Man sagte so;
Mein Volk, mein Bruder, alle lieben mich.

Mörd.

Du hast ein Weib?

Gunnar.

       Was fragst Du? Weglos irren,
So scheints, in Deinem Kopfe die Gedanken.

Mörd.

Wer seinen Schatz auf off'ner Hand stets trägt,
Dem stehlen ihn die Elstern. Stumme Erde
Mußt Du darüberdecken, ihn zu wahren.
Auch eine Frage kann ein Kleinod sein.

Gunnar.

Ich bin kein Grabstein, der Geheimes birgt;
Doch leichenschändend forschen Deine Blicke.

Mörd.

Ist nicht Dein Glück längst eine Leiche worden?

Gunnar.

Ich bin ein Mann!

Mörd.

Halgjerde heißt Dein Weib!

Gunnar (unsicher).

Wie ich sie liebe, liebt auch sie mich wieder.

Mörd.

Ich danke für die Antwort. Nicht der Sinn,
Der Tonfall ist's, der mir die Wahrheit kündet. —
So hat ihr Schicksal also sich vollendet!
Sie stehet einsam, herrscht und kann nicht lieben!
Darf's noch der Frage, ob sie glücklich sei?

Gunnar.

Du murmelst Unheilrunen in den Bart!

Mörd.

Ein Wand'rer bin ich; von der Felseneiche
Schnitt ich den Stab mir, eine knorrige Wurzel.
Er bleibt mir treu, denn beide sind wir einsam. —
Doch wenn ihn einer steckt in warme Erde
Und Zweige, Blätter von ihm ernten will,

6*

Dann — bricht er morsch entzwei in seiner Hand!
Kannst Du das Räthsel rathen?

Gunnar.

Dunkel bleibt mir's.

Mörd.

Auch ist es nicht für Dich. Doch einer andern
Magst Du die Lösung deuten: Stolz und Herrschsucht!
Leb' wohl, Du mitleidswürd'ger, armer König!

Gunnar.

Dein Mitleid brauch' ich nicht! Willst Du mich schmäh'n?
Noch bin ich Gunnar!

Mörd.

Nein! Du bist's nicht mehr!
Wer hätte Gunnar je sich fürchten sehn?

Gunnar.

Es war nichts Menschliches, wovor mir graute;
Noch hat kein Mann das Schaudern mich gelehrt.

Mörd.

Was konnt' Dich hindern, hinter Dich zu blicken?
War's Feigheit nicht, so blick' mir jetzt in's Auge!

Gunnar.

Entsetzlich! Diese Augen muß ich kennen!

Mörd.

Leb' wohl! Ich habe Gunnar zittern seh'n!

Gunnar

(erst zögernd, dann plötzlich den Speer ergreifend und dem Abgehen=
den in den Rücken bohrend).

Das büßt Du mir mit Deinem Leben! Stirb! — —
Warum ist dies ein Mord und nicht ein Sieg?
Wie! sprach's da nicht? Will er im Tod noch zaubern?
Wo faßt's mich an? — (Laut.)
                          He Leute! Diener! Tjostolf!
Schafft mir den Todten fort! Schnell! Eilet Euch!

3. Auftritt.

(Von allen Seiten kommen Leute. Während Gunnar sein Haupt
abwendet, wollen sie die Leiche nach rechts tragen. Da begegnet
ihnen Tjostolf.)

Tjostolf.

He, wartet doch ein bischen! Ja, er ist's!
Ihr Vater! Mörd! — Man scheint ihn nicht zu kennen.
Ein lustig Stücklein! — Aber meinerseits
Will ich ihm nichts an seiner Ehre rauben.
So faßt nur an und tragt ihn da hinein!

(Die Leiche wird hinter den Vorhang des Mittelstückes getragen.)

4. Auftritt.

Gunnar und Kulkstjäg.

Kulkstjäg.

Was ist geschehn? Du siehst ja ganz verstört!

Gunnar.

Fast nichts — ich hatte Streit mit einem Manne —
Und ich erschlug ihn — anders ging es nicht. —
Da tragen sie ihn hin! Wie, that ich recht nicht?

Kultskjäg.

Was war der Anlaß zu so schneller That?

Gunnar.

Ein Fremder schien's, von wunderlichem Wesen.
Hier drang er ein und mit verschränkten Worten
Kam er an mich und reizte meine Adern.

Kultskjäg.

Wie konnt' ein Fremder Dich mit Worten treffen?
Es braucht der Spott besonderes als Stütze.

Gunnar.

Es war kein Zanken. Nein, wie eine Spinne,
Die aus sich selbst es zieht und webt das Jagdnetz,
So spann er Räthselworte sich vom Munde,
Zwar schwanken Sinn's, doch tückisch fester Fügung
Und warf ihr Fadengitter mir um's Haupt.

Kultskjäg.

Du schwärmest, Bruder. Einem hellen Sinn
Dünkt dies nur Gaukelspiel. Du übertreibst.

Gunnar (beengt).

Nein, nein! Du kannst es ja nicht ahnen, rathen,
Wie so ein Zauber uns umschließt und würgt!
Ich wehrte mich, schlug um mich mit den Gliedern,
Doch immer fester zog sich jenes Netz:
Es krampfte mich, schon fühlt' ich mich ermatten,
Fühlte, wie er den Mund an's Herz mir setzte,
Mein Lebensblut zu trinken — da geschah's!
Ich griff den Speer und stach ihn in die Brust! —
Wie? Hörst Du nichts? Es rief aus seinem Blute!

Kultskjäg.

Krank bist Du, Gunnar. — Könntest Du wie einst
Dein Haupt an meinen Busen niederlegen,
Hier fand'st Du Ruhe, fandest Heilung auch!
Doch jene Zeit ist weg. — Ein dunkler Schatten
Er wandelt zwischen uns mit fremdem Tritte. —
Wo ist die Lust, der sonnenhafte Glanz,
Der Thatenmuth und Thatentrotz des Herzens,
Die wie ein Mantel Dir um beide Schultern
In frohem Jugendsturme flatterten?
Wo ist die Kraft, die selbstbewußte, hin,
Wohin der Königstritt, der schreitend spricht:
Hier steh' ich ohne Wank und Schwindel! Stoßet! —
O Bruder, wenn ich so Dein Bild mir male
Wie einst es war und wie es jetzt nun ist — —

Gunnar.

Sprich weiter nicht! Vom M i t l e i d schweige still!
Das war das Wort, das er zu viel gewagt;
D'rum mußt' er sterben! — B l u t will ich vergießen
Blut muß ich seh'n, da liegt doch Wahrheit d'rin! —
Es steckt mein Schwert zu lang schon in der Scheide,
D'rum seht Ihr mitleidsvoll und sagt: Es rostet!
Und wenn's auch rostig wär', noch kann es schneiden!
O, einen Krieg! Da soll es wieder leuchten
Und wie ein Feuer gierig um sich fressen,
Das nur im Blute seinen Durst kann stillen!
(Man hört eine Kriegsweise blasen.)

Kultskjäg.

Hörst Du den Schall? Ist's nicht das Finnenhorn?

5. Auftritt.

Vorige, ein Mann, dann Gefolge des Königs, Asbrant.

Mann.

Herr, eine Kriegsgesandtschaft ist erschienen,
Vom Norblandskönig abgeschickt!

Gunnar.

Sie komme!
Und meine Mannen geh' mir zu versammeln!
(Mann ab.)
Nun siehst Du, Kulkskjäg, meinem Willenswunsch
Beugt sich das Schicksal noch: Ich habe Krieg!
(Das Gefolge kommt.)
Ha, meine Mannen, schaaret Euch um mich!
Des faulen Friedens Zeit ist jetzt vorüber,
Bald gibt es Kampf! Wer wollte Bess'res wünschen!
(Asbrant mit der Gesandtschaft tritt ein; vor ihm wird eine verhüllte
Bahre hereingetragen und niedergesetzt.)
Was bringt Ihr mir auf dieser Bahre her?

Asbrant.

Thorgeyr, Norblands König, schickt Dir dies.

Gunnar.

Was es auch sei, so köstlich ist mir's nicht,
Als wenn er Krieg mir hätt' entbieten lassen.
Blies Euer Finnenhorn nicht Kampfesweisen?
Soll ein Geschenk jetzt meinen Sinn besänft'gen?

Asbrant.

Das liegt uns fern; doch denke an den Eid:
Auf eine Leiche schworen wir den Frieden,

Auf eine Leiche schwören wir jetzt Krieg!
Kennst Du dies Antlitz?

(Die Bahre enthüllend.)

Gunnar.

Sigfus ist's von Siba!
Und todt! Die Brust durchstochen mit dem Schwerte!
Wie kam er zu Euch? Habt Ihr ihn gemordet? —
Ha, Rache schwör' ich —

Asbrant.

Du verräthst Dein Herz
Durch diese Hast. — Er hat sich selbst getödtet.
Und wie er zu uns kam, weißt Du wohl selbst!

Gunnar.

Sich selbst getödtet?

Kulkskjäg.

Eine Ahnung steigt mir —
Erzähl' genauer, wie es sich begeben!

Asbrant.

Euch thu' ich's nicht zu lieb; doch dem zu Ehren,
Der todtesmuthig sühnte seine Schuld. —
Wir lagerten auf eines Hügels Abhang
In einer Lichtung, während rings um uns
Sich schwarzer Föhrenwald der Nacht vermischte.
Der Mond, in trübe Nebel eingehüllt,
Warf in das Thal nur richtungslosen Schein.
Ich lag nicht weit vom König. Wegemüde
War ich in festen Traum und Schlaf gesunken,
Als plötzlich, etwa um die Mitternacht,
Ein Laut mich weckte. Taumelnd fuhr ich auf:

Vom Mondenschein gespenstisch übergossen
Stand an des Königs Haupt eine Gestalt;
Das Schwert entblößt, schien sie mir nachzusinnen.
Aufspringen wollt' ich. Doch ein streifend Blick
Aus seinen Augen fesselte mich nieder:
Es lag darin wie Irrlichtschein ein Glanz,
Ein Fieberdurst, ein Schauder des Entsetzens. —
Und wie er stand, durchlief ihn jäh ein Beben,
Er hob das Schwert und ließ es wieder sinken.
„Ich kann's nicht thun, es ist zu viel verlangt!
„Und doch, ich fühl's, Blut muß hier fließen, Blut!"
Und wieder sann er; dann mit einem Mal,
Als wie erfaßt von plötzlichem Entschluß:
„Ich will ihn zeichnen, aber morden nicht!
„Er soll mein Zeuge, ich will Opfer sein!"
Da war's geschehn! — Am Arme leicht verwundet
Schrie auf der König und ich sprang hinzu:
Doch schon in seinem Blute lag der Jüngling,
Die Brust durchstochen mit dem eig'nen Schwert!

Gunnar.

Was konnt' ihn drängen zu der Schreckensthat?

Asbrant.

So sprach mein König auch — zuerst — doch dann:
„Ich kenn' die Hand, die diesen Gruß mir sendet.
„Führ' diese Leiche hin an Gunnar's Hof
„Und künde Krieg! Denn mich zu morden war
„Er ausgesendet. — Ehre diesem Jüngling!
„Es war sein Herz der kleinen That zu groß."
Gestehst Du, König, daß Du ihn entsandtest?

6. Auftritt.

Vorige und Halgjerde (die schon früher unbemerkt in den Saal
getreten ist).

Halgjerde.

Ich war's, die ihm den Auftrag hat gegeben.

Gunnar.

Halgjerde, Du!

(Bewegung unter dem Gefolge).

Kultskjäg.

So hatt' ich recht geahnt!

Halgjerde.

Da steht Ihr nun und staunt! Was ist zu wundern?
Ich wollte Krieg, so schuf ich mir den Anlaß.

Kultskjäg.

Du bist nicht wählerisch.

Ein greiser Krieger.

Es wird im Kampfe
Mit Unheil uns der Frevel niederbrücken.

Halgjerde.

So wünscht Du Segen noch vom Leben, Alter?
Habt Ihr kein Heldenmark in Euren Knochen?
Kampf mit dem Schicksal macht erst ganze Männer!
Ihr aber kennt kein Schicksal, wollt' keins haben;
Im Umundum des täglichen Betriebes

Erschöpft Ihr Euch und fühlt das Herz befriedigt! —
Doch wie ein Wald nicht stolz gedeihen kann,
Kommt nicht der Sturm und zaust ihm seine Kronen, —
Er bricht das Morsche, schaffet Raum dem Starken,
Ringt mit den Aesten, ihre Kraft zu stählen —
So braucht das Volk des Schicksals Riesensturm,
Um seine Kraft, den eig'nen Werth zu kennen.
Jedoch der Wald kann sich den Sturm nicht schaffen!
Den schafft nur der, der einsam steht auf Bergen,
Die Wolken ballt, mit Blitzen sie bekämpft
Und dann hinabtreibt in die stillen Thäler:
Die K ö n i g e sind ihres Volkes Schicksal;
Beugt Euch der Kraft, sie herrscht, weil sie's vermag!

G u n n a r.

Ha, von den Göttern borgte sie die Sprache!

A s b r a n t.

Erst jetzt begreif' ich meinen König ganz.

H a l g j e r d e.

Was Dich betrifft und Deiner Botschaft Inhalt,
So höre mich: Wir danken Deinem König,
Daß er uns Krieg entbot. Er soll ihn haben!

G u n n a r.

Krieg bis zum letzten Mann, bis zur Vernichtung!
Ich schwör's ihm zu in diese off'ne Wunde!

G e f o l g e.

Krieg bis zum letzten Mann, bis zur Vernichtung!

A s b r a n t.

Wie eine Scheide in sich trägt das Schwert,
Will ich den Schwur zu meinem König bringen.

Gunnar.

Gebt ihm Geleite! Und Ihr Andern kommt,
Des Krieges Anstalt mit mir zu berathen!

(Asbrant und einiges Gefolge nach rechts ab. Ebenso die Bahre.
Gunnar mit den übrigen nach links).

7. Auftritt.

Halgjerde, Kultskjäg.

Halgjerde.

Schon einmal standen so wir 'gen einander
Damals warst Du, doch heut bin ich der Sieger.

Kultskjäg.

Noch nicht! Du irrst! Aus diesem Krieg wird nichts!

Halgjerde.

Du willst es hindern? Hast ein Mittelchen?
So geh' nur hin, besprich es doch mit Gunnar!

Kultskjäg.

Du weißt es gut, daß Gunnar nichts mehr ist
Und Du allein nur herrschest! — Auch für mich
— Wiewohl mein Bruder — ist er todt seit heute,
Wo er kein Wort des Fluches fand für Dich,
Als Deinen Frevel rühmend Du verkündet!

Halgjerde.

So hängst Du noch an Deinen Kindereien,
Daß Frevel dies, und jenes heilig sei?

Kultskjäg.

Dem Spotte preis nicht geb' ich mein Geheimes;
Was ich verehre, thut hier nichts zur Sache.
Denn das nicht ist die Frage, w i e Du herrschest,
Doch daß Du herrschest, ich ertrag' es nicht!

Halgjerde.

Auflehnung? Ei, ich sehe einen Fortschritt! —
Auflehnung mag der Stolz des Sclaven sein,
Z o r n ziemt dem Mann! Doch kannst Du auch wohl zürnen?

Kultskjäg (wild).

Schon in der Scheide stak das Schwert mir l o c k e r!

Halgjerde.

Jedoch es s t a k! Und das beruhigt mich.

Kultskjäg.

Weib! Lerne, daß es auch noch Männer gibt!
So stirb!

(Das geschwungene Schwert wird ihm von Tjostolf, der kurz vorher unbemerkt durch den Mittelvorhang herausgeschlichen, mit dem Beil aus der Hand geschlagen. Zugleich wird er selbst zu Boden gerissen.)

Ha, Feigheit! Mich von rückwärts fassen!

8. Auftritt.

Vorige und Tjostolf.

Tjostolf (mit dem Beile ausholend).

Soll ich, o, Herrin?

Kultskjäg.

Schlage, schlage zu!
Daß ich nicht weiter leben muß in Schande,
Besiegt von einem Weib und einem Hämmling!

Halgjerde.

Nein, schlage nicht! Da meinen Gürtel nimm,
Bind' ihm die Hände und im Schlafgemach
Fessl' ihn an eine Säule meines Bett's!

Tjostolf.

Geht willig! Widerstand kann Euch nicht helfen.

Kulkskjäg (läßt sich ohne Widerstand nach rechts abführen.

O Schande, decke Deinen finstern Mantel
Um's Haupt mir, daß kein menschlich Aug' mich sehe!

9. Auftritt.

Halgjerde.

Das war ein Wille, meinem gleich an Kraft.
Er wagte es, ihn schreckte nicht die That.
Nur Zufall war's, daß er sie nicht vollbrachte,
Sonst hätt' er meiner Bahn das Ziel gesetzt. —
Er dauert mich; so jung und schon gebrochen! —
Ach, muß mein Tritt zermalmend über Leichen
Nach jenem Gipfel führen, den ich träume
Und den ich fürchte? Schaudernd denk' ich's aus,
Dort wohnt allein mit sich die Einsamkeit!

10. Auftritt.

Halgjerde und Gunnar.

Gunnar (von links, heiter).

Halgjerde, war nicht Kulkskjäg hier? Ich mißte
Bei der Berathung ihn. — Kaum kann ich's sagen,
Wie dieser Krieg mit Frohmuth mich durchdringt,

Wie ich mich fühle, stolz der eignen Kraft,
Und neue Jugend strömt durch meine Adern!

Halgjerde.

Warst Du denn alt schon?

Gunnar.

Macht der Jahre Zahl
Allein das Alter? Welk an meinem Herzen
Begann zu siechen ich an Muth und Thatkraft. —
Doch das ist jetzt vorbei! Es strafft auf's neue
Sich jede Sehne mir und jeder Muskel,
Es blitzt zum Kampfe durstig mir das Auge!

Halgjerde.

Denkst Du auch an den Preis für diesen Krieg?
Die Frevelthat, die ich darum vollführt?

Gunnar.

Ich schau die That in einem andern Licht.
Ich wünschte Krieg — Du riethest meinen Wunsch
Und mir zu Liebe wagtest Du das Werk!

Halgjerde.

Die Unthat legst Du aus als That der Liebe? —
So brauchtest Du für Dich auch diesen Krieg?

Gunnar.

Es lag ein Bann auf mir mit finst'rer Macht.
Blut muß ihn brechen! — Heut begann's zu fließen.
Doch davon will ich lieber Dir nicht sprechen.

Halgjerde.

Was war denn das?

Gunnar.

Ich stritt mit einem Mann —
Sein Leben klebt an meines Speeres Eisen.

11. Auftritt.

Vorige und Tjostolf.

Tjostolf.

Herrin, ich that nach Euerem Gebot.

Gunnar.

Kennt man den Mann, den heute ich erschlug?

Tjostolf.

Ob ich ihn kenne? Fragt die Königin!
Tretet hier ein, da liegt er aufgebahrt!
(Er zieht den Vorhang auf und kauert dann während des Folgen-
den in einer Ecke.)

Halgjerde.

Mein Vater!

Gunnar.

Nein! es kann, es darf nicht sein!

Halgjerde.

Mord ist's, mein Vater! Und Dein Speer durchstach ihn!

Gunnar.

O, darum scheute so ich seine Augen!
D'rum drückte diese That mich wie ein Fluch!
D'rum rief's aus seinem Blute zu mir: Mörder!

7

Halgjerde.

Wann wirst Du, Gunnar, wieder lachen können? —
Hei was! Nur fröhlich in die Schlacht gezogen!
Du mußt ja siegen, denn Dein Aug' ist schuldlos,
Gerecht die Sache und der Kampf ein Spiel!
Freu' Dich am Sonnenglanze Deiner Waffen,
Stürme den Feind mit munt'rem Tanzschritt an.

Gunnar.

Du lästerst, Weib!

Halgjerde.

Ha, fühlst Du endlich, Blinder,
Wie das Verhängniß rauscht um Deine Schläfen,
Wie Dich der Frevel kränzt mit seinen Schlangen?
Zum Festmahl kommt! Fühlst Du sie ringeln nicht?
Die Augen glüh'n, es singen ihre Zungen!

Gunnar.

Entsetzlich!

Halgjerde.

Recht so! Schlugst Du mir den Vater,
So halten heute wir erst wahre Hochzeit!
Fühlst Du das neue Band nicht, das uns bindet?
Ich schlug den Gatten, plante Meuchelmord;
Doch was ist das? — Du tödtest mir den Vater!
Ein Hochzeitslied! Laß' bräutlich Dich umfangen!
In's Schlafgemach! — Willst Du von mir nicht Kinder?

Gunnar.

O Grau'n und Schauder! laßt die Brust mir frei!

Halgjerde.

Ein Blick gewechselt zwischen unsern Augen
Soll mehr Entsetzen in sich fassen, als
Das Sterbewimmern einer ganzen Schlacht.

Gunnar.

Laß mich!

Halgjerde.

Wozu? Für Dich gibt's keine Rückkehr!
Nachtthiere müssen wir jetzt werden beide,
Die nur im Dunkeln schweifen beutelüstern!
Der blasse Mond selbst sei uns allzuhell,
Das Nordlicht nur beleuchte unsern Pfad,
Das blut'ge Tücher schwenket um den Himmel
Und seine Gluten strahlt auf eis'ge Wüsten!

Gunnar.

Von Blut und Feuer schau' ich einen Wirbel —
O gibt's denn nichts, um mich daran zu klammern?

Halgjerde.

Ich bin Dein Halt! — Doch noch ein Opfer fordr' ich;
Noch gibt es etwas, das dem Licht verwandt ist
In Dir und auch vielleicht — in mir! — Dein Bruder —

Gunnar.

Kulkskjäg! Das ist die Rettung!

Halgjerde.

Hoffe nicht!
Auch er versuchte heut' Verwandtenmord,
Auf meine Brust hat er das Schwert gezückt!

7*

Gunnar.

O laß' mich fliehn! Ich kann es nicht ertragen!

Halgjerde
(ihn an der Hand zurückhaltend).

Ihn fordr' ich ganz, Recht über Tod und Leben!
Das sei die Morgengabe unsres Bundes!

Gunnar.

So nimm ihn denn! Es geht in einem hin!
(ab.)

12. Auftritt.

Halgjerde und Tjostolf.

Halgjerde.

Er ist zu feig für seines Schicksals Last —
Pah! fahre hin! Doch nun an's eig'ne Werk!
Sieh Deine Tochter, Vater! — Tjostolf, bring ihn!
(Tjostolf ab.)
Zwei Dinge gibt's: Ihn brechen oder tödten!
(Tjostolf führt den gefesselten Kulksjäq von rechts in die Mitte der
Bühne und bindet ihn links an eine Säule des Mittelbaues.)

Tjostolf.

So, das hält fest!

Halgjerde.

Jetzt reiche mir sein Schwert
Und geh', denn es genügt der stumme Zeuge.
(Tjostolf ab.)

13. Auftritt.

Halgjerde und Kulskjäg.

Halgjerde.

Warum haft Du nicht Widerstand geleistet?

Kulskjäg.

Erniedrigend scheint mir ohnmächt'ge Wuth.
Auch drückt die Scham mich nieder, daß ich Worte
Und Umschweif machte, statt sogleich zu handeln
Und so durch Zögern meine That verdarb!

Halgjerde.

Noch bist Du stolz; bald wirst Du kleiner werden.
Da sieh! Das ist mein Vater! Gunnar schlug ihn!

Kulskjäg.

Ein neues Gräuel! — Doch es geht in einem:
Schon früher war Dir Gunnar ganz verfallen.

Halgjerde.

Als Buße für den Mord verlangt' ich Dich!
Mein bist Du jetzt, mit Leib und Leben mein!

Kulskjäg.

So bin ich ganz in Deine Hand gegeben!
Ich schaub're! Fürchterliches Weib, was sinnst Du?

Halgjerde.

Dich tödten!

Kulkskjäg.

Töbten! also soll ich sterben,
So jung und ruhmlos, feig verkauft, verpfändet
Vom eig'nen Bruder, Wehrgeld eines Greises!
So soll in's Grab ich sinken ohne Thaten,
Von einem Weib gebunden und geschlachtet!
Das Licht des Tages soll ich nicht mehr sehn,
Nein, eingesperrt in dieser finstern Wölbung,
Genosse einer Leiche schon im Sterben,
Den Todesstreich empfangen, wie ein Thier!

Halgjerde.

Fast rührst Du mich mit Deiner Klagestimme;
Wer weiß, wenn Du mich weich machst, bist Du frei!

Kulkskjäg.

So wär' in Dir auch etwas Menschliches?
Der grause Hohn, die Selbstsucht Deines Stolzes,
Sie hätten alles nicht in Dir versteinert?
Du kannst noch Mitleid fühlen, Dich erbarmen?

Halgjerde.

Nur weiter so! Bereu'st Du Deine That?

Kulkskjäg.

Ha, Weib! Nun kenn' ich Dich in Deinem Worte!
Du hast nicht Mitleid, suchst nur Wolluft Dir,
Die Wolluft des Beherrschens, des Zertretens!
Ein Wurm soll ich mich krümmen hier und winden,
Den Staub soll ich verzehren Deiner Füße,
Weil ich es wagte, wider Dich zu sein! —
Das sollst Du nicht erreichen, den Triumph
Nie kosten! Dazu ist mein Haß zu echt!

Halgierde.

Das ist die Sprache, wie ich sie erwartet!

Kultskiäg.

Mich brechen wirst Du nie, gib auf die Hoffnung!
In Haß gehärtet, bin ich für Dich Stahl.
Was zögerst Du? Auf! Kühle Deine Rache!

Halgierde.

Nicht Rache ist's, ein Opfer will ich bringen,
Mir selbst ein Opfer! Mir, der neuen Gottheit!
Ich muß, denn schwer ist's, an sich selbst zu glauben! —
Sahst Du einst Priester einen jungen Hengst
Zum Opfer wählen aus der heil'gen Schaar?
Weiß muß er glänzen makelloser Reinheit,
Schönheit und Kraft muß sich in ihm vereinen,
Und keinen Reiter durft' er je ertragen:
Muthig und stolz, so lieben sich's die Götter;
So bist auch Du, so wählt' ich Dich zum Opfer! —
Verstehst Du das? Weißt Du, warum die Götter
Aus Opferblut sich ihre Kraft gewinnen:
Die Unbarmherzigkeit, das ist der Sieg,
Das ist die Gottheit, das ist Ueberschicksal! —
Du kennst Dein Los; sprich, bist Du nun bereit?

Kultskiäg.

Wie ich Dich hasse, so bewundr' ich Dich!
Ein solcher Tod, er reut mich nun nicht mehr:
Vom großen Schicksal fühl' ich mich erfaßt,
Mag's mich zermalmen, ist es doch erhaben!
Da mir's versagt war, Dich zu tödten, Weib,
Was gibt es schön'res, als durch Dich zu fallen!
Triff her, ich warte!

Halgjerde.

Nein! ich kann's nicht thun!
Es wär' ein Mord an meinem eig'nen Selbst.
Du bist mir gleich, denn Du hast mich verstanden.
Sei mir Genosse in der Einsamkeit
Der Herrscherhöhe! Fallt, ihr Bande! Lebe!
(Sie trennt seine Fesseln.)

Kulkskjäg.

Was frei! Und frei durch Dich? Durch Deine Gnade!
Ha, Weib, das war Dein fürchterlichster Streich!
Nicht für den Augenblick, für's ganze Leben
Willst Du mich knechten, Ketten um mich schmieden,
Daß ich nicht hassen dürfe, was ich haßte,
Nicht thun mehr, was ich that, den Mord nicht morden!
Ich nehm's nicht an aus Deiner Hand das Leben,
Gib mir die Freiheit, lasse mir den Tod!
(Er bietet niederknieend die Brust dem Schwerte.)

Halgjerde.

Was ich geschenkt, ich nehm' es nicht zurück!

Kulkskjäg.

So werf' ich von mir Deine falsche Gabe!
Die Bahn zur Freiheit öffne mir das Schwert!
(Er entreißt ihr das Schwert und will sich durchstoßen. Sie fällt
ihm aber in den Arm.)

Halgjerde.

Halt ein! Unseliger, was willst Du thun!

Kulkskjäg.

Da lag ein Ton in Deiner Stimme d'rin? —
Sieh mir in's Auge! — Ha, Du kannst es nicht!

So liebst Du mich! Das ist der Schonung Grund!
Halgjerde liebt! Kommet und lacht, Ihr Götter!
Sie, die sich zugezählt schon Euren Schaaren,
Halgjerde liebt? Wo ist das Ueberschicksal,
Die Unbarmherzigkeit, wo sind sie hin?
Nicht Deine Gnade, Deine Liebe hat
Mich losgebunden, feiger Schwäche weichend!
D'rum bin ich frei trotz Deiner! Ha, ha, ha!
Leb' wohl, ich hoffe bald'ges Wiedersehn!

(Lachend nach rechts ab).

Halgjerde (an ihres Vaters Bahre niedersinkend).
Auch lachen kann er! Vater, schütze mich!
Vergeltung kommt! In ihrem gold'nen Köcher
Hör' ich die Pfeile tanzen — lachen, lachen!

(Der Vorhang fällt.)

Fünfter Act.

Eine wilde Felslandschaft. Zugänge rechts und links im Vorder=
grunde und links im Hintergrunde. Auf der rechten Seite springt
aus der steil abfallenden Wand eine kleine Platte vor, die mit einer
brustwehrartigen Bildung drei Personen einen geschützten Stand
gewähren kann. Der Zugang zu dieser Platte läuft gegen die Mitte
der Bühne.

1. Auftritt.

König Thorgeyr mit eingebundenem rechten Arme, Asbrant und viele
Finnenkrieger von links hinten.

Thorgeyr.

Sucht meine Hunde! Gold'nen Lohn für den,
Der ihre Spur entdeckt! In jede Spalte,
In jede Schrunde blickt mir, jede Höhlung
Durchsucht genau! Wir müssen sie bekommen!

Asbrant.

Achtet doch Eurer Wunde mehr, Herr König!

Thorgeyr.

Die Wunde? Mag sie meinen Arm mir lähmen,
So goß sie Feuer doch in meine Adern.
Sie hat sie mir geschlagen, dieses Weib,
Für das ich rase, doppelt mich entzündend! —
Schon glaubt' ich sie zu halten; doch wie Sturmwind
Durchbrachen sie mein Heer, fort in's Gebirge!
Doch haben muß ich sie! Sucht, suchet weiter!

Asbrant.

Zeit wär's, daß dieser Schreckenskrieg erlösche! —
Mein Haar ist grau, viel Schlachten focht ich mit,
Doch solche Gräuel hab' ich nie gesehn.
Ist's menschlich noch, wie dieser Gunnar rast?
In einer Leichengasse stürmt er fort.
Ob Finn', ob Nordmann, gilt ihm alles gleich,
Er schlägt sie nieder mit demselben Streich.
Und dann dies Weib! Es fliegen ihre Haare,
Sie fährt einher wie feuerbrünst'ge Windsbraut
Und Funken sprüht ihr Auge wie ihr Schwert.

Thorgeyr.

Mag's schrecklich sein, so ist's doch göttlich auch!

Asbrant.

Doch zu dem Großen das Gemeine fügend,
Folgt jenen zweien Tjostolf nach als Dritter,
Er schwingt sein Beil, doch braucht er's kaum als Waffe:
Denn seinen Opfern springt er an die Kehle,
Durchbeißt die Adern, sich in Blut berauschend.

Thorgeyr.

Und dennoch habe ich gesiegt! Sein Heer
Es ist vernichtet, in den Wind zerstreut!

2. Auftritt.

Vorige, ein Bote.

Bote (von links hinten).

Herr König! Laßt die Botschaft mich nicht büßen!
Im Smalfjord hat ein Feindesheer gelandet,
Mit schnellem Handstreich sich der Bucht bemächtigt
Und bringt jetzt vorwärts in's Gebirge her!

Thorgeyr.

Verdammt! Soll ich, so nahe schon am Ziele,
Die Frucht mir sehn entrissen meines Sieg's?
Den Kampf nicht scheu' ich mit dem zweiten Feind
Doch jenes Weib, es kann mir jetzt entgehen!

Asbrant.

Wie heißt der Führer dieses Heeres?

Bote.

Kultskjäg,
So nennt er sich, ein Bruder König Gunnar's.

Asbrant.

Ich hab's erwartet, denn in Gunnar's Reihen
Vermißt' ich manchen seiner Südlandshelden.
Der zweite Stoß wird auch der stärk're sein.

Thorgeyr.

Du glaubst?

Asbrant.

Auch ist von unsern Nordlandsrecken
Kaum einer mehr am Leben. Blos mit Finnen
Wird eine Feldschlacht schwer zu liefern sein.

Thorgeyr.

Hab' ich das Weib erst, möge Kultskjäg kommen!
Ein Schwerttanz soll's mir sein und keine Schlacht!
Halgjerde ist mein Kampfschrei und mein Sieg!
Ihn hinzuhalten such' ich bloß ein Mittel!

Asbrant.

Uns fehlt die Kraft.

Thorgeyr.

So helfe denn die List!
Mit diesem Boten eile hin zu Kulkskjäg
Und nimm in Acht, was ich entbieten lasse:
Gunnar und Halgjerd' sei'n in meiner Hand!
Wenn er im Smalfjord ruhig sich verhalte,
Sei ich geneigt zu Friedensunterhandlung.
Doch wenn er weiter in's Gebirge bringe,
Fällt beider Haupt als Sühne meines Zorns!

Asbrant.

Nicht gern' befleck' ich meinen Mund mit Lügen;
Doch hier kann Lüge leicht zur Wahrheit werden.
So will ich's thun denn. — Doch noch eh' ich scheide
Erlaubt mir eine Frage als dem ersten
Von Euren Mannen. Groß sind die Gefahren
Die uns bevorsteh'n. Heute seid Ihr König;
Doch wenn Ihr fallt?

Thorgeyr.

So muß auch Gunnar sterben!
Ich kann dies Weib nicht gönnen seinem Arm! —
Doch wenn wir beide todt sind — meinetwegen
Ergebt Euch Kulkskjäg, machet ihn zum König! —
Doch fort jetzt mit der Zukunft düst'ren Bildern!
Das Mögliche, noch ist's nicht ausgeschöpft.
Wenn wir sie fangen, Asbrant, dann ist's Sieg!
(Asbrant und Bote nach hinten, Thorgeyr und die Finnen nach
vorn links ab.)

3. Auftritt.

Gunnar, Halgjerde, Tjostolf.

Tjostolf (von rechts vorn).

Die Luft ist rein; keine Finne mehr zu seh'n.

Gunnar.

Schweige, Du Knecht! Ich hasse solche Vorsicht,
Und doch gezwungen sein, sie anzuwenden!
Im Angriff braucht der Muthige nicht Schlauheit,
Doch auf der Flucht ist feig und tapfer gleich.

Halgjerde

(mit Schwert und spiegelndem Schilde bewehrt. Gelöstes Haar).

Das ist nicht Flucht, wenn man ein Heer durchbricht.

Gunnar.

Erschlagen und zerstreut sind meine Krieger,
Er hat gesiegt, der wüth'ge Finnenwolf!
Kampf! Kampf! um den Gedanken zu betäuben!
So wie ein Fisch, der im Gedräng des Zuges
Heraussprang aus der Flut und nun im Sande
Verschmachtend sich zurücksehnt in die Wellen;
So dürfte ich zurück zum blut'gen Streite!

Halgjerde.

Dein ist die Schuld an dieser Niederlage!
Schon wankten sie, die unsern drangen vorwärts
Und nur Thorgeyr hielt die Reihen aufrecht.
Den galt's zu fällen und der Sieg war unser!
Doch Du vermiedest es, ihm zu begegnen,
Ja, wichst ihm aus, wenn er im Streit Dich suchte.
Du hast den Lohn jetzt Deines Eigensinns!

Gunnar.

Schilt die Nothwendigkeit nicht Eigensinn!
Es muß der Mensch ein letztes sich bewahren,
Stets eine Schranke setzen seinem Thun.
Was sonst ich ehrte, tret' ich jetzt mit Füßen,
Ich stürzte vom Altar der Jugend Götter
Und die Begierde bete ich jetzt an:

Neu bin ich, fremd das Land, wohin ich gehe! —
Doch wie der Viking, der ein Schiff sich zimmert,
D'rin zu ersegeln eine neue Heimat,
Von seiner Hütte einen Balken nimmt
Und in die Bordwand ihn hineinverfestet,
— Kein Gott befahl's und kein Gesetz gebeut's,
Er aber hofft sich davon gute Fahrt,
Abprall der Wogen, Sieg im Männerkampfe —
So hab' auch ich aus jener früh'ren Zeit
Mir eins bewahrt und heilig aufgerichtet,
Daß ich den Mann, mit dem ich Friede schwor
— Mag ich den Schwur auch sonst gebrochen haben —
Im Kampf nicht treffe, nicht des Schwertes Schneide
Meineidig tauche in des Königs Brust!

Halgjerde.

Schon eine Kette würdigt Dich zum Knecht!

Gunnar.

Nimm es zurück, das frevle Lästerwort!
Doch was weißt Du! Hast Du den Blick getaucht
Schon in die Tiefe einer Männerbrust?
Sahst Du die Feuerberge stets bereit,
Aus ihres Kraters wildgezackter Oeffnung
Glühenden Felssaft heerend auszuspei'n?
Sahst Du des Schlammes brodelnde Verbreitung,
Der blasend steigt und schlürfend wieder sinkt,
So gelb, so tückisch, alles zu verschlingen,
Der Welten Schönheit in sich zu versudeln?
Wag's, nimm es fort, das Bett der wilden Ströme,
Daß tosend sie zum freien Abgrund springen,
Dann sieh die Welt, sieh mich und Dich errette!

Halgjerde.

Ich hab's versucht, Dich fessellos zu machen,
Doch vor dem Schicksal bogst Du Dich zurück.

Gunnar.

Du warst die Hand nicht, die mich lösen durfte,
Denn diese Hand hat selbst schon feig gezittert!
Kulkskjäg, noch lebt er, das gezückte Schwert
Kraftlos entsank's, Du selbst warst überwunden!
Der Sieger nur kann lehren, wie man siegt! —
Sag', reut es Dich, daß Kulkskjäg Du verschontest?

Halgjerde.

Ich schaue vorwärts, laß' Vergang'nes ruhn!

Gunnar.

Ich frage nicht, was so Dein Herz erweichte;
Mir ist's genug, daß Du verwundbar bist.
Gleich sind wir beide! Fehlt auch unserm Schritte
Der Götter Maß, die Leichte ihres Fußes,
Die thalverachtend nur die Gipfel tritt,
Sind wir doch stärker als die andern Menschen,
Die mühsam klimmen, wo wir beide schreiten,
Die mühsam laufen, wo wir beide fliegen, —
Das Höchste laß! Genug sei uns die Mitte!

Halgjerde.

Im Wagen fuhr ich, kühn die Zügel haltend,
Doch sie entglitten mir. Herabgestürzt
Werd' ich im Staube nun geschleift! Wie lacht
Da jeder Wurm: Nun, Stolze, sind wir gleich!

4. Auftritt.

Vorige und ein Finne.

Finne (von links hinten).

Gefunden!

(Er gibt einen durchbringenden Pfiff von sich.)

Tjostolf.
Herr! wir sind entdeckt! Ein Finne!

Gunnar (den Bogen spannend).
Ich will ihn anders pfeifen lehren! Da!
(Er erschießt ihn.)

Halgjerde.
Zu spät! Ein and'rer gab den Pfiff zurück.

Gunnar.
Der Felsplatz gibt uns guten Schutz! Hinauf!

Halgjerde (zu Tjostolf).
Hole den Köcher her des todten Finnen!
Uns kommen seine Pfeile sehr gelegen.

Gunnar.
Nicht hundert Finnen sollen hier mich greifen!
(Alle Drei haben sich auf die Platte zurückgezogen.)

5. Auftritt.
Vorige, Thorgeyr und Finnenkrieger.

Thorgeyr (von links vorne).
Von hier erscholl der Pfiff! Da sind sie beide!
Stellt mir das Wild, ihr Hunde, schneidet ab
Ihm jeden Ausweg, laßt ihm keinen Durchbruch!
(Zahlreiche Finnen laufen über die Bühne, besetzen alle Ausgänge,
halten sich aber immer hinten oder knapp an den Felsen. Neben
  Thorgeyr schießt einer einen Pfeil auf Gunnar.)
Ha, was thust Du? Da nimm!
(Er schlägt ihn nieder).

8

So geht es Jedem,
Der einen Pfeil hinaufzuschießen wagt!
Ich will sie todt nicht, nein, ich will sie lebend,
Mit ihrem ganzen Leibe mir zu eigen!
Versteht Ihr das? Das Weib ist's, das ich will!

Gunnar.

Todt wärst Du für dies Wort, wenn nicht der Schwur,
Den ich mir gab, Dich vor mir selber schützte!

Thorgeyr.

Ich schütze selbst mich! Denk' auf Deine Haut!
Ein Ringen gilt's jetzt um den höchsten Preis;
Doch rath' ich Dir, ergib Dich ohne Kampf!

Gunnar.

Bis zur Ergebung hat's noch seinen Weg.
Frohlocke nicht zu früh! Noch hast Du uns nicht!

Halgjerde.

Laßt jetzt die Reden, die ja nichts verrichten
Und hebt der Waffen beß're Sprache an!
Kommt an, wir sind bereit Euch zu empfangen!

Thorgeyr.

Das glaub' ich gern! Ich selber kann nicht kämpfen
Und hinterm Schutze dieses Felsenwall's
Mögt Ihr mir meine Finnen leicht vernichten.

Gunnar.

Dir sinkt der Muth, eh' noch der Kampf begonnen.

Thorgeyr.

Ihr seid nicht Adler, von der Felsenplatte
Euch aufzuschwingen in die freie Luft.
Und hier herum will ich ein Feuergatter
Euch zimmern, daß der Uebermuth zerschmelze.
Auf meine Finnen! Fällt die harz'gen Föhren
Und schlichtet sie zum Rundbrand um den Fels!

Halgjerde.

Ist es nicht Zeit, noch offen durchzubrechen?

Gunnar.

Daß er vielleicht Dich fange? Nein und nein!
Mit meinen Pfeilen will ich dem schon wehren,
Daß sie die Bäume uns nicht näher schleppen!
Da sieh, schon wagen ihrer drei sich vor!

(Drei Finnen schleppen einen Baum über die Bühne.)

Thorgeyr.

Nur knapp heran!

Gunnar.

So treff' ich um so sich'rer.
Der Erste! Nun der Zweite! Ha, verdammt!
Die Sehne sprang, nun sind wir ihnen wehrlos!

Thorgeyr.

Habt ihr's gehört? Es sprang des Bogens Sehne!
Muth, meine Jungen! Jetzt sind sie uns sicher!

Halgjerde.

Mir ist es recht, daß Deine Waffe nutzlos;
Hätt'st Du auf ihn gezielt, wir wären frei!

Gunnar.

Laß das!

(Wie sich Halgjerde abwendet, bemerkt er ihr Haar.)
Und wie! Nun sehe ich die Rettung!
Gib eine Locke mir von Deinem Haar,
Ich spanne sie als Sehne auf den Bogen!

Halgjerde.

Von meinem Haar? Und Rettung wäre dies?
Habt Dank, ihr wilden Götter für den Zufall!
Mein ist die Macht, so bin ich wieder ich! —
Gleich sind wir beide, meinst Du! Einen Preis,
Darf ich bestimmen darum für mein Haar!

Gunnar.

Bist Du denn toll? Schon wächst der Scheiterhaufen
Mach' schnell, sonst wird's zu spät!

Halgjerde.

Hör' die Bedingung:
Den ersten Pfeil von meinem Haar geschnellt,
Den mußt Du schießen in des Königs Brust!

Gunnar.

Zu neuem Frevel suchst Du mich zu locken.
Doch diesmal nein! Ich halte meinen Schwur!

Thorgeyr.

Nur einen Baum noch und dann zündet an!

Gunnar.

Das letzte droht; brich Deinen Eigensinn!

Halgjerde.

Den erſten Schuß dem König?

Gunnar.

Nein, ich will nicht!

Halgjerde.

Mir kann es recht ſein: bleibt mein Haar doch heil.
He, Tjoſtolf, halte mir den Schild empor!

(Sich im Schilde ſpiegelnd, beginnt ſie ihr Haar zu ordnen.)

Thorgeyr.

Den letzten ſo! Nun fachet an den Brand!

Gunnar.

Was thuſt Du, Weib?

Halgjerde.

Du ſiehſt, ich ſchmücke mich.

Gunnar.

Was ſoll der Schmuck jetzt in der Todesſtunde?

Halgjerde.

Für Dich iſt's nicht! Ich geh' zum andern König!

Gunnar.

Zum andern König? Schlange! Nein, Du kannſt nicht!
Und wenn ſie's wagte! Nein, er darf nicht leben!
So ſpring' denn, letzte Feſſel meiner Scheu!

(Er ſtürmt mit gezücktem Schwert von der Felsplatte hinunter.
Da ſchlägt eben die erſte Flamme aus dem Holze.)

Thorgeyr.

Es hat gefangen!

Gunnar.

König, sieh Dich vor!

Thorgeyr.

Du kommst? Ah, durch!
(stirbt.)

Gunnar.

Es ist gescheh'n! Was steht Ihr?
Kommt an, wenn Ihr nicht alle Memmen seid!
Da seht mein Schwert, ich werf' es von mir weg!
Halgjerde, schau, Dein Wille ist erfüllt!
(Er fällt, von vielen Finnen durchstoßen.)

Halgjerde
(herunterschreitend, während die Finnen scheu zurückweichen).

So warst Du feig noch in der letzten Stunde!
In meine Brust war Deines Schwertes Ziel!
Schon hofft' ich, daß Du's wagtest — aber nein,
Das kann nur Einer, Einer nur allein!

6. Auftritt.

Vorige und Asbrant, Krieger.

Asbrant (von hinten, Kampfgetöse).

Wo ist der König?

Halgjerde.

Suchst Du Könige?
Da liegen ihrer zwei; Du kannst Dir wählen.

Asbrant.

So sind sie beide todt? Thorgeyr, Gunnar?
Dann ist es Zeit, zu enden diesen Krieg.

(Rufend.)

Laßt ab vom Kampfe, legt die Waffen nieder,
Thorgeyr starb, wir geben uns an Kulkskjäg.

Halgjerde (Asbrant fassend).

An Kulkskjäg, wie? Was sagtest Du da, Mann?

Asbrant.

Er war zu halten nicht mit uns'rer Lüge:
„So mögt Ihr beide tödten, sie und Gunnar!
„Ich bin der neue König!" war sein Wort.

Halgjerde.

Er ist's! Nur Könige sind ohne Mitleid.

7. Auftritt.

Vorige und Kulkskjäg.

Volk (noch hinter der Scene).

Heil, Kulkskjäg, Heil! Von ganz Norwegen König!

Kulkskjäg (von hinten).

Hier ist's geschehn? Und beide sind sie todt?
So komm' ich denn zu spät und nicht zu spät.
Was reif ist, falle! Fallen muß das Faule!
Doch die Nothwendigkeit ist selber traurig;
Weh' dem, den sie als Sichel hat berufen! —
Da steh'st Du, Weib! Blick' hin auf Deine Thaten,
Sieh Deines Stolzes prächt'ge Leichenfeier!

Willst Du noch einmal steigen, um noch einmal
Von Deiner Höhe schwindelnd abzustürzen?

Halgjerde.

Nun ich gestürzt bin, bin ich leicht zu schmäh'n.
Doch eben Du darfst so mich nicht verhöhnen!
Was hilft die Kraft, der Augen scharfe Klarheit,
Wenn in der Brust, im Innersten des Herzens
Der Fallstrick sich, geheim gelegt, verbirgt?

Kulkskjäg.

Die Klage kommt zu spät von Deinen Lippen;
Mich rührst Du nicht, ich hab' mit Dir nicht Mitleid.

Halgjerde (knieend).

Erräthst Du nicht, was ich nicht sagen darf,
Verstehst Du nicht, wonach es mich verlangt?
Nicht Mitleid will ich, Liebe, Liebe brauch' ich!

Kulkskjäg.

So tief steigst Du, o Stolze, jetzt herab?
Hast kein Gefühl Du für die früh're Größe,
Und keine Treue für Dein einst'ges Bild?
Am eig'nen Willen in die Höhe klimmen,
Sein eig'ner Pfad zu sein, das ist erhaben!
Doch mit der Kraft entschwindet auch der Adel:
Wer an sich selber scheitert, ist gemein!
Einst haßt' ich Dich, nun muß ich Dich verachten! —
— Ihr, nehmt die Todten auf, sie zu bestatten;
Zu unser'n Schiffen wollen wir jetzt kehren!
(Alle bis auf Halgjerde ab. Die Scene ist vom flammenden Holz
beleuchtet.)

8. Auftritt.

Halgjerde und Tjostolf.

Halgjerde.

Verachtung, oh wie schneidet das so tief!
Es ist das Urtheil eines ganzen Lebens,
Und er, er wagt's! Und eben, weil er's wagte,
D'rum lieb' ich ihn, trotz allem muß ihn lieben!

Tjostolf

(der sich die früheren Scenen verborgen gehalten, jetzt aber herausgeschlichen war, vorstürzend.)

Du liebst ihn? Liebst ihn noch? So warst zum längsten
Du Herrin mir! Jetzt aber bist Du mein,
Bist Beute mir, bist trunkener Genuß:
An Deinem Hals' will ich mich blutberauschen!

(Er springt ihr an den Hals, sie stößt einen Schrei aus; der Vorhang
fällt schnell.)

Ende.